AF169927

Tucholsky Wagner Zola Scott Sydow Freud Schlegel
Turgenev Wallace Fonatne
Twain Walther von der Vogelweide Fouqué Friedrich II. von Preußen
Weber Freiligrath
Kant Ernst Frey
Fechner Fichte Weiße Rose von Fallersleben Richthofen Frommel
Engels Fielding Hölderlin
Fehrs Faber Flaubert Eichendorff Tacitus Dumas
Maximilian I. von Habsburg Eliasberg Ebner Eschenbach
Feuerbach Fock Zweig
Ewald Eliot Vergil
Goethe Elisabeth von Österreich London
Mendelssohn Balzac Shakespeare Dostojewski Ganghofer
Trackl Stevenson Lichtenberg Rathenau Doyle Gjellerup
Mommsen Tolstoi Hambruch Droste-Hülshoff
Thoma Lenz Hanrieder
Dach Verne von Arnim Hägele Hauff Humboldt
Karrillon Reuter Rousseau Hagen Hauptmann Gautier
Garschin Baudelaire
Damaschke Defoe Hebbel
Descartes
Wolfram von Eschenbach Dickens Schopenhauer Hegel Kussmaul Herder
Bronner Darwin Melville Grimm Jerome Rilke George
Campe Horváth Aristoteles Bebel Proust
Bismarck Vigny Barlach Voltaire Federer Herodot
Gengenbach Heine
Storm Casanova Tersteegen Gilm Grillparzer Georgy
Chamberlain Lessing Langbein Gryphius
Brentano Claudius Schiller Lafontaine
Strachwitz Kralik Iffland Sokrates
Bellamy Schilling
Katharina II. von Rußland Gerstäcker Raabe Gibbon Tschechow
Löns Hesse Hoffmann Gogol Wilde Gleim Vulpius
Luther Heym Hofmannsthal Klee Hölty Morgenstern Goedicke
Roth Heyse Klopstock Kleist
Luxemburg Puschkin Homer Mörike Musil
La Roche Horaz
Machiavelli Kierkegaard Kraft Kraus
Navarra Aurel Musset Moltke
Lamprecht Kind Kirchhoff Hugo
Nestroy Marie de France
Laotse Ipsen Liebknecht
Nietzsche Nansen Ringelnatz
Marx Lassalle Gorki Klett Leibniz
von Ossietzky May vom Stein Lawrence Irving
Petalozzi Knigge
Platon Pückler Michelangelo Kock Kafka
Sachs Poe Liebermann
de Sade Praetorius Mistral Zetkin Korolenko

Der Verlag tredition aus Hamburg veröffentlicht in der Reihe **TREDITION CLASSICS** Werke aus mehr als zwei Jahrtausenden. Diese waren zu einem Großteil vergriffen oder nur noch antiquarisch erhältlich.

Symbolfigur für **TREDITION CLASSICS** ist Johannes Gutenberg (1400 — 1468), der Erfinder des Buchdrucks mit Metalllettern und der Druckerpresse.

Mit der Buchreihe **TREDITION CLASSICS** verfolgt tredition das Ziel, tausende Klassiker der Weltliteratur verschiedener Sprachen wieder als gedruckte Bücher aufzulegen – und das weltweit!

Die Buchreihe dient zur Bewahrung der Literatur und Förderung der Kultur. Sie trägt so dazu bei, dass viele tausend Werke nicht in Vergessenheit geraten.

Clemens und seine Mädchen

Arthur Kahane

Impressum

Autor: Arthur Kahane
Umschlagkonzept: toepferschumann, Berlin

Verlag: tredition GmbH, Hamburg
ISBN: 978-3-8495-3061-7
Printed in Germany

Rechtlicher Hinweis:
Alle Werke sind nach unserem besten Wissen gemeinfrei und unterliegen damit nicht mehr dem Urheberrecht.

Ziel der TREDITION CLASSICS ist es, tausende deutsch- und fremdsprachige Klassiker wieder in Buchform verfügbar zu machen. Die Werke wurden eingescannt und digitalisiert. Dadurch können etwaige Fehler nicht komplett ausgeschlossen werden. Unsere Kooperationspartner und wir von tredition versuchen, die Werke bestmöglich zu bearbeiten. Sollten Sie trotzdem einen Fehler finden, bitten wir diesen zu entschuldigen. Die Rechtschreibung der Originalausgabe wurde unverändert übernommen. Daher können sich hinsichtlich der Schreibweise Widersprüche zu der heutigen Rechtschreibung ergeben.

Text der Originalausgabe

Clemens und seine Mädchen
Ein kleiner Roman
von

Arthur Kahane

Die Welt ... ist dem Menschen nicht gegeben, sondern aufgegeben; es ist seine Aufgabe, die wahre Welt zur wirklichen zu machen.

Martin Buber.

Le type dont presque tous les hommes sont en quête n'est peut-être que le souvenir d'un amour conçu dans le ciel ou dès les premiers jours de la vie; nous sommes en quête de tout ce qui s'y rapporte, la seconde femme, qui vous plaît, ressemble presque toujours à la première.

Flaubert «Novembre»

Berlin 1918
Erich Reiß Verlag

Hermann Bahr

gewidmet.

1.

Der junge Mann blieb vor dem Bahnhofsgebäude stehen und wartete auf das Abenteuer.

Vor ihm lag die fremde Stadt. Ein Ungeheures, Riesengroßes stieg himmelan, Menschenmassen fluteten, eine strahlenweiße Helligkeit blendete, chaotisches Tosen und Lärmen unbestimmbarer Geräusche schlug die Luft. Seine willigen, bereiten Sinne, durch das Wünschen langer Knabenjahre auf diesen einen Augenblick der ersten Erfüllung gestellt, stiegen und fluteten mit, glänzten und lärmten mit, fingen sich in dem Netz der Eindrücke, wurden eins mit einem Ganzen. Jeder bisherige Begriff potenzierte sich ins Tausendfache, nichts blieb unter der Vorstellung, nichts enttäuschte. Nicht Angst, auch nicht die leiseste Spur davon regte sich: nur grenzenlose Erwartung, Zuversicht, Ungeduld spannte ihn.

Er kannte keinen Menschen in dieser Stadt. Ein paar Adressen von Landsleuten, denen er empfohlen war, trug er wohlverwahrt bei sich, und die Namen zweier Straßen wußte er, sonst nichts von ihr. Ein erster Blick auf das nächste Straßenschild zeigte ihm, daß die eine der beiden vor ihm lag: der Blutstrom dieser Stadt, in dem sich ihr Leben zur wüsten Sinnlosigkeit eines Orkans verdickt, der alle ihre Tiefen und Höllen umspannt. Der Name dieser Straße schlug an sein Blut wie ein Knabentraum von Sünde. Aber auch er ängstete ihn nicht, sondern spielte freudig, lachend fast mit seiner neugierigen Erwartung.

Nun öffneten sich seine Augen, die der erste, das Allgemeine umfangende Blick geblendet und beinahe geschlossen hatte, weit für das einzelne. Der junge Mann sah, noch immer in der inneren Spannung des ersten Moments an seinem Platze festgewurzelt, in jedes einzelne Gesicht. Er spürte es kaum, daß man von rechts und links in ihn hineinprellte, daß jeder Ellenbogen ihn weiterzutreiben suchte, daß jeder Blick, der ihn traf, ihn mit Unfreundlichkeit sengte, daß rohe Fluchworte einer harten, groben, spitzigen Sprache nach ihm schlugen. Es kümmerte ihn nicht, daß keiner, aber auch nicht einer etwa auswich, sondern alle, wie Glieder einer von einer ungeheuren geschäftigen Eile bewegten Gemeinschaft, ihn, den einzig Ruhenden, den einzigen Fremden wie einen Spielball einander zustießen: seine Begierde, sich in diese fremde Welt hineinzutasten, panzerte ihn gegen jeden Angriff mit einer freundlichen Gelassenheit, und Verlangen, dieser geschlossenen Ganzheit, der er heute noch allein gegenüberstand, ihr Geheimnis, ihr inneres und ihr äußeres, abzulisten, hielt ihn unempfindlich und aufrecht. Mit der Neugierde des persönlich Beteiligten sah er den Leuten in die kalten, feindseligen Augen; lauschte er Bruchstücke heftiger, um Zahlen und Geschäfte aufgeregter Gespräche auf; sein Blick prüfte die Anzüge der Männer, die hellen Sommergewänder der Frauen, fing sich in der absichtlichen Gefälligkeit ihrer Schuhe und Strümpfe, umspannte die ganze Skala von letzter Verwahrlosung der Armut bis zur zielbewußten Unauffälligkeit der Eleganz. Ihn störte die Häßlichkeit der Gesichter nicht, die Gleichgültigkeit des Ausdrucks, die Brutalität des Ganges, die von Zweck und Selbstbesessenheit entstellte Schnelligkeit aller Bewegungen; denn dies alles schloß sich ihm, rund und fest, zu einer Einheit zusammen, gewissermaßen zu einer Kugel, in deren Bauche irgendwo, versteckt und verborgen, sein Abenteuer saß und auf ihn wartete: das mit allen heißen Fiebern seiner Jugend herbeigebetete.

So stand er, wohin ihn die strömende Welle geworfen hatte, noch immer da in der Helle des sinkenden Abends, unbewegt, ganz Glut, ganz Auge, und wartete, wartete auf das Abenteuer.

2.

Plötzlich trat ein junges Mädchen auf ihn zu, legte eine weiche Hand unendlich zart auf seinen Arm und sagte: »Auf wen warten Sie?«

Es sagte dies mit einer ganz stillen, fast stockenden und doch irgendwie mutigen Stimme.

Ein Nicht-anders-Können vibrierte darin, zitterte in einem leisen Singen, stockte, hob sich, senkte sich wie in Scham, stieg an aus Gewalt und Fülle des inneren Müssens und wuchs zu einer so ernsten Festigkeit des Entschlusses, daß die vier gleichgültigen, banalen, fast frechen Worte sich zu einem heiligen Liede der Notwendigkeit zusammenschlossen, vor dem jedes ferne Aufkeimen eines kecken Zweifels weitab und scheu verstummte.

Der junge Mann, im Innersten angerührt, riß sein Gesicht aus der Zerstreutheit seiner Träume, hob es und ward weiß vor Blässe.

Nie hatte er Lieblicheres gesehen. In Wirklichkeit nicht und nicht in Büchern oder Bildern und nie in Träumen. Ein ganz schmales, ganz junges Gesicht von rührender Mädchenhaftigkeit; eine Gestalt, zart und herb und schlank wie ein Reh, in scheues Weiß gekleidet, auch in den gelassenen Bewegungen die adlige Anmut eines jungen, schlankbeinigen Rehs; und große, dunkle Augen, voll Schatten und Traurigkeit; und Hände, zum Weinen schön. Denn dieses war das erste Gefühl, das ihn traf, das einzige, das er im ersten Staunen vermochte: wie ein Kind weinen zu mögen, über die Unbegreiflichkeit des Wunders, das ihm geschenkt war, und über die Schönheit, Zartheit und Weichheit des Menschenkindes, das vor ihm stand. Er konnte sie nur ansehen, verschwimmenden Auges, immer wieder die Zartheit und Weichheit in den Farben ihrer Haare, ihrer Stirne, ihrer Wangen, in den Linien ihres Gesichtes und ihres Körpers ansehen, anstarren, einsaugen, und er wußte nichts von sich, als daß er ganz traurig wurde vor Glück und Mitleid, Mitleid mit seinem allzu großen Glück und ihrem unbekannten Schicksal.

Er stammelte: »Ich weiß nicht. Auf nichts. Auf Sie.«

Sie sah ihn an, lächelte. Dann ward ihr Antlitz wieder dunkel, sie nahm ihn am Arm und führte ihn weiter. Schweigend gingen sie nebeneinander, ohne Blick.

Sie führte ihn vom Bahnhof weg, in stillere Straßen, über Brücken, an einem Flusse entlang.

Er fühlte oder eigentlich, er glaubte, ungefähr folgendes zu fühlen: Wie ist es möglich, daß ich das erlebe und nicht jauchze, nicht schreie, nicht brülle vor Glück? Daß ich wie ein Stock neben ihr gehe und mir die Kehle zu ist? Ja, fühle ich überhaupt etwas? Ist es möglich, daß einer das erlebt und weiterlebt? Ist es überhaupt möglich, daß einer das erlebt? Nein, es ist unmöglich. Es kann nicht sein. Oder nein, es ist das einzig Mögliche und nur dieses einen wegen bin ich auf der Welt. Aufgepaßt, in dieser Stunde erfüllt sich mein Schicksal. Und doch nützt alles nichts, reden muß ich doch, sonst glaubt sie, ich bin dumm und läuft mir weg, und ich habe mein Glück verpaßt, weil ich nicht das rechte Wort gefunden habe. Aber was ist das rechte Wort? Herr Gott, fällt mir denn gar nichts ein?!

Nun fing er zu reden an, und die Worte klangen ihm, als kämen sie von weither, gar nicht aus ihm heraus, mit einer ganz fremden Stimme, und ohne daß er eine Ahnung von ihrem Sinne hatte: »Das also ist . . .« und er nannte den Namen der fremden, großen Stadt.

Sehr originell ist es nicht, dachte er gleich, aber es ist ein Anfang.

Sie hemmte erstaunt den Schritt und sah ihn groß und fragend an.

»Ja so, das können Sie ja nicht wissen, ich bin nämlich fremd hier und war erst in dem Moment angekommen, als Sie . . .« Er stockte. »Und Sie sind der erste und einzige Mensch, den ich hier kenne.«

»Das ist ja wunderschön«, jauchzte sie und ihr Antlitz wurde ganz hell. »Noch viel schöner als ich es mir geträumt hatte.« Jetzt war das Stocken bei ihr. Eine dunkle Röte stieg auf, als ob sie sich schämte, von einem Vorher zu sprechen.

»Ob das schön ist!« Er fiel ihr beinahe ins Wort, als ob er die Scheu bemerkt hätte, mit der sie ihre Träume erwähnte. »Es ist ein Wunder, ein Märchen. Nicht? Man kommt an, von weither, kennt niemand, weiß nicht aus und ein, freut sich, daß man da ist, fürchtet sich auch ein bißchen, weil alles so groß und viel ist, und ehe man noch zur Besinnung kommt, ist auf einmal das Allerschönste da, gibt einem die Hand, sagt: Guten Tag, und es ist genau so wie im Traum. Ich habe das nämlich auch geträumt, genau so. Und man fühlt sich gleich wohl, genau so wie zu Hause, nein, viel wohler, denn zu Hause war es zuletzt gar nicht schön, und ich habe es nicht mehr ausgehalten. Aber hier ist es schön, und hier werde ich eine Heimat finden, und hier werde ich glücklich sein, das fühle ich, das kann ja gar nicht anders kommen, nach dem, was mir in der ersten Stunde begegnete. Sehen Sie, und Sie sind mein Glück.«

Und er konnte nicht weiter und wieder überkam es ihn, diese Lust zum Weinen, und er preßte, ohne es zu wissen, ihren Arm und glitt ihn bis zur Hand hinunter und faßte diese und preßte sie, sinnlos vor Seligkeit. Sie ließ sie ihm, sah ihn an und sagte einfach: »Wie gerne bin ich Ihr Glück!«

»Und nun müssen Sie mir alles sagen«, drängte er. »Wie es gekommen ist. Und daß Sie gerade mich . . .?«

»Nein, nein«, wehrte sie ab, ängstlich. »Ich weiß es nicht. Ich kann es nicht sagen. Ich habe es müssen. Wie ich Sie so dastehen sah, habe ich müssen. Mir war es, als ob ich Ihr Gesicht schon seit immer gekannt hätte. Oder nein. Eigentlich war es gerade, weil es so ganz anders war als alle Gesichter, die ich je gesehen habe. Ich weiß es nicht. Aber ich habe nicht anders können. Sie standen so grenzenlos allein da. Und Sie sahen aus wie ein kleiner Junge, der sich auf etwas freut, was nicht kommt. Und da haben Sie mir so leid getan. Und ich habe Ihnen was Gutes sagen müssen. Ich weiß ja nicht, was ich Ihnen gesagt habe. Aber nicht wahr, es war etwas Liebes, und es hat Sie gefreut?«

Er hob ihre Hand und küßte sie lange, innig, fast ehrfürchtig. »Gefreut?! Danke, danke, Sie Gute!«

Sie waren auf einsame Wege am Ufer des Flusses gelangt. Die Häuser blieben zurück. Baumreihen zeigten sich. Dunkel hing bereits der Abend über ihnen.

Es drängte ihn, ihr in Worten ganz nahe zu kommen. »Nun wollen wir uns alles sagen. Nicht wahr? Alles. Beide. Wie wir heißen.

Und wer wir sind. Und was bis jetzt war. Und was kommen soll. Alles. Nicht wahr?«

Sie erschrak und zog den Arm zurück. »Nein, nein, nicht alles sagen! Dann ist das Geheimnis weg, und alles wird wieder so gewöhnlich und gesellschaftlich. Dann ist es gleich wieder, als wären wir uns irgendwo in der Gesellschaft begegnet und vorgestellt worden. Das ist doch das Schöne, daß wir nichts voneinander wissen, und doch mehr voneinander wissen, als wir je von andern gewußt haben, und wenn wir sie noch so lange kennen. Wozu auch? Ja, das eine will ich Ihnen sagen, daß ich Eveline heiße. Denn ich habe meinen Namen gern, und er paßt zu mir, und ich will ihn von Ihnen hören. Und Sie sollen mir auch Ihren Taufnamen sagen, nur den, der ist doch der eigentliche und gehört zum Menschen, aber sonst nichts. Das andere bedeutet Familie und Herkunft und verrät Stellung und Nation, lauter gleichgültige Dinge, die nichts mit uns zu tun haben. Nicht wahr, Ihren Taufnamen werden Sie mir sagen, wenn ich Sie darum bitte, damit ich Sie nennen kann, wenn wir zusammen sind, und weiß, wie ich Sie rufe, wenn Sie nicht bei mir sind. Und sonst nichts, nicht wahr?«

Sie sagte es ängstlich, fast aufgeregt.

»Ich heiße Clemens«, sagte er sehr schüchtern und sah sie furchtsam von der Seite an, als hinge Tod und Leben an diesem Wort, und es ginge darum, das einzig Richtige zu sagen, weil mit dem falschen alles aus wäre und in Rauch und Dunst zerflösse. Nur sie jetzt um Gotteswillen mit dem Namen nicht enttäuschen: da wäre er lieber gleich gestorben.

Sie aber lachte, ja schrie hell vergnügt auf. »Clemens!« und es klang von demselben Gefühl erlöst, das ihn geängstigt hatte. »Das stimmt. Das paßt zu Ihnen und zu mir. Wundervoll fremd klingt das. Und weich und fast ein wenig fromm und sehr musikalisch, was die Hauptsache ist. Jetzt lachen Sie mich aus und finden mich kindisch, aber mir sind solche Dinge wichtig und ich wäre sehr enttäuscht gewesen, und vielleicht sogar böse auf Sie, nein, böse nicht, aber sehr unglücklich, wenn Sie August oder Wilhelm geheißen hätten. Zum mindesten hätte ich ein böses Vorzeichen darin gesehen oder einen Wink des Schicksals. Aber Gott sei Dank heißen Sie nicht so, sondern wunderhübsch, und ich glaube, ich könnte den ganzen Tag »Clemens« zu Ihnen sagen und sonst nichts und wäre schon sehr glücklich.«

In diesem Augenblicke verliebte er sich in seinen Namen und war so stolz auf ihn wie noch nie auf etwas in seinem Leben. »Clemens und Eveline! Eveline und Clemens!« sagte er und wiederholte es innerlich immer wieder und einige Male auch laut, bis es ihm so vertraut klang wie Romeo und Julia, Hero und Leander. »Sie haben recht. Namen sind furchtbar wichtig und dieses Gefühl für das Mysterium geheimnisvoller Zusammenklänge habe ich schon immer gehabt.« Wenigstens glaubte er es in diesem Augenblick und sagte auf einmal ganz zärtlich, ganz weich: »Eveline!«

»Clemens!«

»Fräulein Eveline!«

»Herr Clemens!«

»Nein, nicht Fräulein: *du* Eveline! Du süße, schöne, wunderschöne Eveline! Eveline, du!«

»Clemens!« sagte sie unhörbar leise und senkte den Kopf tief. Er nahm ihn ganz behutsam in seine beiden, sich wie zum Beten schließenden Hände, zog ihn an sich und küßte sie langsam und voll auf den Mund. Einmal nur, und atmete tief auf. Sie hob das Auge, sah ihn an, lange und dunkel, strich ihm mit zärtlicher Hand über Stirne und Haar, nahm seinen Kopf und küßte ihn, langsam und voll, auf den Mund. Und dann gingen sie, Hand in Hand gefügt, schweigend weiter zwischen den nachtdunklen Bäumen.

Leben, Leben! dachte er. Das bist du, Leben! Das ist die Wirklichkeit! Das ist des Lebens tiefste, holde Wirklichkeit! Und: jetzt reden dürfen! Jetzt mich vor ihr ausschütten! Ganz, bis auf den letzten Tropfen, daß sie mein Leben in ihren kleinen Händen hält und sein Herz schlagen spürt wie einen warmen, jungen Vogel! Und damit macht, was sie will, sie, von jetzt ab Herrin meines Geschicks, Königin meines armen Lebens!

Traum! Traum! sang es in ihr. Schöner als alles Leben, schöner als alle Wirklichkeit! Wenn es dich nur gäbe, und kein armseliges Leben und keine alltägliche Wirklichkeit! Wie wundervoll ist dieses Schweigen! O, wenn dieser Augenblick des Schweigens nur ewig währte! In ihm ist alles Glück der Ferne, alle Erfüllung der Sehnsucht. In ihm Vergessen, daß es eine Welt, daß es alles andere gibt. O, wenn nur das möglich wäre, dies Eine von allem übrigen zu lösen! Wenn nie ein Wort gesprochen werden müßte, das die Brücke schlägt von der häßlich-gleichgültigen Welt da draußen zum Erlebnis dieser Stunde!

Und aus der Angst, daß dieses Wort fallen, daß irgendwo plötzlich ein Bild auftauchen könnte, eine Vorstellung von fremden Menschen und er oder sie unter ihnen, daß irgendein Gleichgültiges oder Unwesentliches sich zwischen sie eindrängte; aus dem fiebrig glühenden Verlangen, dieses eine Erlebnis wie ein gehütetes Kleinod in köstlichen Samt gehüllt aus dem ganzen übrigen Leben herauszuheben, begann sie zu sprechen und in zitternder Hast alle Schätze ihrer Innerlichkeit vor ihm auszubreiten, wie wenn sie den Becher dieser Stunde mit dem tiefsten Quell ihrer Seele hätte füllen müssen. Sie sprach von allem, was sie liebte: von der Einsamkeit früher Morgenwanderungen in der Taufrische erwachender Wälder; von dem Mittagssonnenglück, das auf den Wegen zwischen reifen Kornfeldern wie satte Erfüllung ausgebreitet liegt; von stillen Nachmittagen, mit dem Blick in sehnsüchtige Fernen am Fenster verbracht; von Sonnenuntergängen im Hochgebirge, wenn aus den Farbenwundern die reinen Linien der Berge in einer beglückenden Klarheit und Schärfe heraufwachsen; von Abenden am Meere und von den Nächten in stillen Gärten, wenn schwere Blumendüfte die Lieder des Herbstes mitzusingen scheinen. Sie erzählte von Reisen in fremden, alten, kleinen Städten, vom Glück der Ankunft an Abenden, sich von Bildern einer lieben Vergangenheit traumhaft einspinnen zu lassen, von dem nächtlichen Plätschern der alten Brunnen und dem fröhlichen Erwachen zwischen den kleinen Häusern, die sich munter die Augen zu putzen scheinen, den friedlich feierlichen Frühstunden in den uralten Kirchen; sie schilderte den Zauber ferner Städte und Länder mit dem geheimnisvoll erregenden Abenteuer der fremden Sprachen. Von einigen Bildern erzählte sie, die ihr mehr waren als anderen Freunde und Freundinnen; und sie sprach von den stillen Büchern, die sie liebte. Auch von Dingen und Gegenständen, die sie besonders liebte, sprach sie: von der ruhigen Freude, die von dem Fallen mattschillernder Sammte ausgeht, oder von den farbigen Spielen seltener Marmore oder von der seidigen Fläche geschliffener Hölzer. Besonders aber erzählte sie ihm, wie die Musik sie am tiefsten rühre und erfasse; und wie sie ihr nicht bloß das Glück oder den Genuß einzelner Stunden bereite, sondern ihr ganzes Leben mit Rhythmus erfülle, ja dieses gewissermaßen in Musik verwandelt sei, so daß Musik ihr mehr als eine Zierde und Schönheit des Lebens, vielmehr dieses selbst und im tiefsten Sinne ihr Schicksal bedeute. Es war, als breitete sie vor ihm alles, was sie liebte, aus, um dadurch, daß sie ihm die Dinge nannte und sie mit ihm in Berührung brachte, ihnen ein neues Recht, von ihr geliebt zu werden, zu verschaffen und sie mit einem neuen Leben zu füllen. Nur von Menschen und von den Wirklichkeiten des täglichen Lebens sagte sie nichts, vermied sie die leiseste Andeutung. So baute sie vor ihm ein seltsames Mädchenleben, zeitlos und unwirklich, auf, aus Ahnung, Traum, Sehnsucht, Ferne, Schönheit und Einsamkeit köstlich gefügt, und schenkte es ihm mit der unendlichen Güte der unermeßlich Reichen, unerschöpflich Liebevollen.

Oft unterbrach sie und fragte, ob er dies kenne oder jenes; und manches kannte er; und vieles nicht. Aber er glaubte zu spüren, sie wolle nicht, daß er in sein Persönliches hinabsteige, und vermeide fast geflissentlich, an allzu Reales anzustoßen, wie sie ja auch von sich nicht mit einem Worte wirkliche Beziehungen oder Verhältnisse streifte, sondern nur Gefühle und Empfindungen aussprach, die allerdings ein persönlicheres und innerlicheres Bild von ihr gaben, als es die vollständigste Aufzählung von Wirklichkeiten vermocht hätte. Und er stand staunend, ja fast ehrfürchtig in grenzenloser Dankbarkeit vor diesem bezaubernden Bilde einer reichen Mädchenhaftigkeit, und wie um sich selbst das Gefühl der Wahrhaftigkeit dieses Traumes wiederzugeben, sagte er selig, vor ihr stehenbleibend: »Eveline!« und immer wieder: »Eveline!«

Sie antwortete hell, lächelnd, glücklich: »Clemens!«

Und die jungen Lippen boten und fanden sich, willig, ohne Widerstreben und zitternd vor Glück, im zweiten Kusse und in vielen anderen.

Dann fing *er* zu reden an. Aber eigentlich war es kein Reden: es war ein Mittelding zwischen Jauchzen, Stammeln und Lachen, besonders Lachen. Er konnte nicht anders; er mußte lachen vor Glück.

Jetzt brauchte er sich nicht mehr mit behutsamer Rücksicht auf ihre Wünsche zurückzuhalten, von den Greifbarkeiten seines bisherigen Lebens zu sprechen: er hätte es gar nicht mehr können. Vergessen war alles, verschwunden, von dieser Stunde verschluckt. Es gab keine Greifbarkeiten, es gab kein bisheriges Leben, es gab nichts als dieses hier: diese Stunde, diesen Augenblick, dieses Mädchen. Auch Zukunft gab es nicht: dieser Moment schloß sie ein. Er sah nicht rechts, nicht links, nur diesem Moment ins wunderschöne Gesicht. Und wollte ihn festhalten mit jedem leisesten Zucken seines Lebens. Mit jedem Wort, das er sprach, wollte er ihn festhalten. Er konnte nichts anderes denken, nichts anderes fühlen, nichts anderes sagen als das Glück dieses Augenblicks. Es füllte sein Blut mit einer unbändigen Heiterkeit. Er schämte sich nicht, wie ein Kind zu spielen und zu scherzen. Er machte Witze vor Seligkeit, weil er sich gar nicht anders zu helfen wußte. »Glück macht dumm! Glück macht dumm!« lallte er. »Hast du eine Ahnung, kluge Eveline, wie dumm ich bin vor Glück? Sag': dummer Clemens! bitte, sag's!«

»Dummer Clemens!« sagte sie lachend. »Und glaubst du, ich nicht? Glaubst du, ich bin nicht auch ganz dumm vor Glück?« »Nein, du nicht!« erwiderte er streng, »du bist sehr klug und sehr gebildet und bleibst es!« »Ich will aber nicht. Ich will nicht weniger glücklich sein als du! Ich will auch dumm sein. Sag's, daß ich es bin.« »Also gut. Eselinchen!« sagte er. »Dummer Clemens!« sagte sie. Und küßten einander.

»Verzeih!« sagte er dann. »Auf die Gefahr hin, daß du mich indiskret findest, oder langweilig, oder konventionell, aber eine Frage drückt mich schon die ganze Zeit.« Sie erschrak. »Nicht fragen«, bat sie. »Nein,« meinte er energisch, »diese eine Frage kann ich nicht unterdrücken. Wie kann nur ein Mensch so unbändig schön sein? Ich finde dich nämlich hübsch, wenn ich es dir noch nicht gesagt haben sollte.« »Erstens«, antwortete sie, »siehst du es gar nicht, weil es stockdunkel ist.« »Gilt nichts! Ich fühle es aber. Und zweitens –?« »Und zweitens: wie kann nur ein Mensch so dumm sein?« »Frage die Rose, warum sie blüht!« erwiderte er. Aber statt die Rose zu fragen, fiel sie ihm um den Hals, und sie küßten einander.

Und wurden dann ganz still und gingen Hand in Hand durch die schweigende Sommernacht, während weit, weitab von ihnen Stadt und Welt im ewigen Nichts versanken.

»Unsere erste Liebesnacht!« sang er. »Unsere erste Liebesnacht!« »Aber morgen,« sagte sie ganz leise, »aber morgen bin ich wieder bei dir. Genau um dieselbe Stunde wie heute erwartest du mich am selben Ort, und übermorgen wieder und alle Abende wird leise und heimlich dein Glück zu dir geschlichen kommen und schlingt seine Arme um deinen Hals, und du hältst es fest mit beiden Händen und läßt es nicht.« »Und bis dahin trägt jede Sekunde dein geliebtes Gesicht.« »Nein, nein, bis dahin ist alles Leben tot und gilt nichts, denn es weiß ja nichts von dir. Und doch ist das das Schöne, daß niemand ahnt, daß wir uns kennen, und etwas weiß von dir und mir und nichts in meinem anderen Leben weiß von dir und nichts in deinem anderen Leben von mir. Das hier, das Glück unserer Abende, gehört nur uns beiden und ist ganz für sich allein und hat nichts mit unserem übrigen Leben zu tun. Alles andere ist öde und grau und geht uns nichts an, nur das hier ist schön wie ein Traum, und wir beide sind es!« und schmiegte sich angsterfüllt an seinen Arm, wie wenn ein widerliches Ungeheuer seine Fänge nach ihr reckte. »Nur du bist wirklich, du mein schöner Traum!« sagte er und streichelte sie zärtlich, als wollte er sie gegen ein Unbekanntes schützen. »Sag' es, sag' es,« bat sie flehentlich, »daß du das genau so spürst wie ich, daß dies Geheimnis das Wunder unseres Lebens ist, das Allerschönste, um dessenwillen wir auf der Welt sind, und daß wir es für ewig vor jeder Berührung mit anderen rein erhalten wollen. Schwöre es mir!« »Ich schwöre!« sagte er.

In diesem Augenblick begannen plötzlich zwölf Schläge einer ganz nahen Kirchenuhr zu fallen. Erschreckt fuhren sie auseinander. Sie war leichenblaß geworden.

»Um Gotteswillen!« schrie sie. »Ich hatte vergessen. Und Vater ist so strenge. Nun muß ich fort! Sonst ist alles aus«, und stürzte noch einmal an seinen Mund. Dann riß sie sich los. »Nicht nachsehen!« bat sie mit einem letzten Flehen und war im Dunkel der Bäume verschwunden, ehe noch die Schläge der Uhr ganz verhallt waren.

3.

Allein blieb er zurück in der leeren Welt. Begriff nicht, wußte nicht, was mit ihm geschehen war. Konnte vor Schreck sich nicht rühren und stand da, versteint: so überraschend plötzlich war dieser Abschied über ihn hereingebrochen.

Dann schrie es in ihm auf: Ihr nach! Erreiche ich sie nicht jetzt noch, ist sie mir für immer verloren!

Ein Gefühl durchzuckte ihn: Irrsinn! Mein verbrecherischer Irrsinn! Sein Glück in Händen zu halten und es fortflattern zu lassen, ohne den kleinsten Anhalt, der spürendem Willen schon genügt hätte, ohne Namen oder Straße zu wissen, irgend etwas, hinter dem die Energie hätte herjagen können! Nichts von ihr zurückzubehalten, kein Zeichen, an das meine Phantasie sich hätte klammern dürfen, nichts als diese fürchterliche Ohnmacht, mein Schicksal, das jetzt irgendwo in der Welt ist, je wieder einzufangen!

Und wollte, ohne Richtung und Ziel, nur dem ungewissen Gefühl folgend, ihr ins Ungewisse nach, auf Lichter zu, die irgendwo Nähe von Stadt und Straße verrieten, und hob schon den Schritt, da spürte er Finger an seiner Brust und sah ein mageres, blasses, unsäglich gemeines Gesicht dicht vor seinem aufblitzen, so nahe, daß er den wüsten Atem riechen mußte, und hatte auch schon mit der einen Hand blitzschnell die fremde Faust zurückgestoßen, die andere wuchtigen Schlags in die fremde Fratze geballt. »Verflucht!« brüllte es auf und eine dunkle Gestalt zerstob im Schatten der Nacht.

Clemens lachte. Mit einem Schlage – und nicht gerade bildlich genommen – war er vergnügt geworden. Er zog die verschobene Weste glatt, richtete den Körper stramm und sagte: »Immerhin. Man kann nicht sagen, daß dieser erste Abend ereignislos verläuft. Nun glaube ich an mein Glück in dieser Stadt.«

Festen Schrittes ging er auf die beleuchteten Punkte zu, dorthin, wo er Straßen vermutete. Er sah zurück. Lange dunkle Baumalleen, in denen von allen Seiten immer neue, noch dunklere zusammenliefen, schienen im Dunkel der Nacht sich ihm zu einem tiefen Wald zu verdichten, dessen er sich bis jetzt noch gar nicht bewußt geworden war und den er sich auf einmal hier gar nicht erklären konnte.

»Seltsame Stadt! die in ihrer Mitte einen richtigen Wald umschließt.« So kam er ihm vor. »Ich habe noch nie davon gehört. Ganz unwirklich ist das. Wie alles übrige.«

»Eine Stadt der Abenteuer ist es jedenfalls. Das darf ich schon sagen nach dem heutigen Abend. Eine Stadt, in der das Unmögliche möglich wird. Für mich sicherlich. Und darum glaube ich bestimmt, daß sie wiederkehrt. Ich sehe sie wieder. Natürlich hätte ich mich ihrer besser versichern sollen. Es war dumm, sie nicht nach Näherem zu fragen. Aber es wäre noch dümmer gewesen, nicht so dumm zu sein. Dumm und roh. Denn sie wollte nicht. Und es gab keine Wahl für mich, als mich einfach und demütig in den Willen des wundervollen Wesens zu fügen. Und es tat auch so wohl, diesen Willen zu spüren. Was sie gab, war ein so köstliches Geschenk ihrer Güte, daß jedes Vernünfteln dagegen ein dummes Verbrechen gewesen wäre. Undankbar. Und ich durfte nichts als knien und mich beschenken lassen und in wortloser Dankbarkeit hinnehmen.«

»Darum durfte ich auch von mir nicht sprechen. Es brannte mich ja, mich ihr ganz hinzugeben, mich vor ihr auszubreiten und mich ganz in ihre Hände zu legen, mein bisheriges Leben, mein Geheimnis und alles. Und dann kam mir alles wieder so klein, unwesentlich und gleichgültig vor, daß ich kein Wort herausbrachte. Und da hätte ich ihr mit Kleinigkeiten kommen sollen, ihr vielleicht noch erzählen, daß ich kein Gepäck bei mir habe und warum, und mir am Ende gar von ihr ein Hotel empfehlen lassen sollen! Lächerlich! Die Zunge hätte ich mir eher abgebissen.«

»Nein, nein! So war's schon das Beste. Ach was! sie kommt wieder. Ich fühle ja, daß ich Glück habe. Sie hat es mir gebracht: der Überfall des Strolches ist mir ein Zeichen dafür. Wer Glück hat, hat Kraft. Und wer Kraft hat, hat Glück. Ich brauche gar nichts dazu zu tun und mich um nichts zu kümmern und nur ruhig zu warten, bis morgen das Glück wieder zu mir kommt und ich es mit diesen beiden Armen halte.«

Er ging jetzt in stillen, spärlich erhellten Straßen. Kein Mensch begegnete ihm. Er sah nach den Straßenschildern. Sie trugen Namen edler Künstler früherer Zeiten, und edel erschienen ihm, in den verschwommenen Tinten des Halbdunkels, die ruhigen Häuser mit ihren kleinen Vorgärten und den Umrißlinien ihrer Fassaden, fast wie Schlösser oder vornehme Landhäuser. Die meisten lagen gespenstisch im Dunkel. Aber unheimlicher noch waren die wenigen, aus deren Fenstern ein matter Lichtschimmer brach, und er hatte das seltsam aufregende Gefühl, als spielten sich hinter ihren Vorhängen gerade jetzt, während er vorbeiging, Schicksale ab, von denen er nichts wußte und nie erfahren sollte, Tragödien des täglichen Lebens, Kämpfe um Leben und Tod zwischen Menschen, die er nicht kannte, und er erlebte all dieses mit, unbewußt als ahnungsloser Zeuge irgendwie geheimnisvoll damit verkettet.

Er ging weiter und kam zu großen Brücken, von denen er in dicht mit Gebüschen bestandene Uferpartien sah, die seinem nachterregten Auge wie zauberhafte Märchenlandschaften erschienen. Er kam zu menschenleeren Plätzen, die ihm unübersehbar weit vorkamen, und von denen nach allen Seiten mächtige Straßenzüge ausstrahlten, in fürstlicher Breite im Unendlichen verlaufend. Ihre Häuser wirkten auf ihn wie ein toller Zauberspuk, in dem die Phantastik vergangener Jahrhunderte mit Erkern, Balkonen, Loggien, Türmen und Säulen ihr Wesen trieb: er glaubte seinen Sinnen nicht, die ihm da plötzlich Renaissancepaläste und Ritterburgen, romanische Schlösser und antike Tempel vorgaukelten und ihn in bunter Jagd durch das Schnörkelspiel aller Zeiten wirbelten. Ganz aufgeregt ward er. »Seltsame Stadt!« sagte er immer wieder. »Das gibt es nicht, das ist unmöglich. Es muß eben doch ein Traum sein. Eine seltsame Stadt der unmöglichen Möglichkeiten!«

Er ging weiter. Die Straßen wurden belebter. Weiber tauchten auf, bald einzeln, bald paarweise. Er fand auch die schön und sah die Schminke nicht. Zwei streiften eng an ihm vorüber, und er hörte, wie die eine sagte:

»Schau doch! Der Kleine! Ist der nicht hübsch?«

Er sah sich um und quittierte, dankenden Blicks. Natürlich fand er sie auch hübsch.

»Merkwürdig,« bemerkte er weise und vergnügt, »geliebt werden macht gleich hübscher. Nicht nur einen selbst, sondern auch die anderen!«

Aber keine Untreue war in diesem Wohlgefallen, sondern erhöhte Weltfreude. Er spürte sich. Oder eigentlich das Neue, das in sein

Blut gefahren war, und durch dieses Neue sich, gesteigert, erhöht, geschwellt. Er fühlte seine Muskeln gestreckt und gestrafft, Arm und Beine von Rhythmus gespannt, in allen Sinnen eine überklare Helligkeit, den Körper trug er so leicht, daß er zu schweben glaubte. Nicht um eine Welt hätte er jetzt schlafen gehen mögen, er fühlte keine Müdigkeit, kein Bedürfnis zu ruhen oder zu essen, nur Heißhunger auf diese Stadt, nur die unersättliche Gier, sie ganz in sich hineinzuschlingen, heute noch, in allen ihren Teilen, als ob er sie diese erste Nacht noch um jeden Preis erobern müßte.

Aber über und unter allen seinen Empfindungen, wem sie auch galten, welchem Willen sie auch entsprangen, welches Gesicht sie auch trugen, schwebte bloß diese eine, unbewußt manchmal, unausgesprochen, aber stets vorhanden: Eveline.

Er folgte den Straßenzügen, ließ sich willig von den Menschenscharen treiben. Er geriet an andere große Plätze, wo das Leben dieser Stadt schrie. In ihrer sausenden Fülle schienen Tag und Nacht ausgeglichen, in solcher Helligkeit kreischten Farben und Formen, grellte das Brausen der Menge. Hier glaubte er das Herz dieser Stadt zu haben, den Mittelpunkt gefangen zu haben, in den sich alle ihre Ströme ergossen, ihre Kräfte vereinigten. Alles andere war also nur Vorbereitung, Exposition, Provisorium gewesen, hier war offenbar der Höhepunkt, das Eigentliche. Er hatte das Gefühl, im Mittelpunkte der Welt zu stehen. Fast etwas Geborgenes gab es ihm; die Sicherheit: hier geschieht das wichtigste der Welt und du bist mitten darin und brauchst nicht draußen zu stehen und läufst nicht Gefahr, es in einer Seitenstraße zu verschlafen. Und nur ganz leise schwang es im Unterbewußtsein mit: Eveline.

Er ließ sich weitertreiben. Durch neue Straßenzüge, schmäler als die früheren, aber noch belebter. Trotz der nächtlichen Stunde lärmte die Helligkeit über den Dächern, vor den Geschäften, in den Auslagen. Alles schrie: die Ausrufer, die Menge, die Lichter, die Warenhäuser, die Waren in den Fenstern. In der tollen Hetzjagd der Sinne, dem bunten Wechsel der Eindrücke täuschte ihm die Nacht Bilder fabelhaften Reichtums, märchenhafter Fülle, blendender Eleganz vor. Dann wieder, wo diese Straßen sich kreuzten, neue Plätze, wo ihn dasselbe seltsam stolze Mittelpunktsgefühl emporriß.

»Ja, wieviele Mittelpunkte hat denn diese Stadt eigentlich?« fragte er sich.

Er ließ sich in den dahinflutenden Menschenstrom hineingleiten, als wollte er darin untertauchen. Mit einer ungeheuren Neugier hing er sich an die Vorübergehenden, starrte ihnen in die Augen, prüfte Einzelheiten, Mund, Ohren, Stirnen, verfolgte den Gang, suchte aus Haltung und Rücken die Gesichter, den Stand, den Beruf zu erraten. Nichts ließ er sich entgehen, kein einzelnes in Kleidung und Aussehen. Er fing Fetzen der Gespräche auf und dichtete sie weiter, zu Dramen und Komödien. Er sah Vornehme und Zerlumpte, Greise und Kinder, Kraftstrotzende und Krüppel. Er sah die behäbigen Bürgerpaare, die ans den Wirtshäusern ins Ehebett strebten; er sah die Nachtschwärmer, die in der Gewohnheit allnächtlichen Vergnügens erst aufzublühen schienen; er sah die Arbeiter, bald einzeln mit gekrümmten Rücken eiligen Schrittes nach Hause eilend, bald in lautjohlenden Trupps die Straßen durchlärmend; er sah die Bummler, gemächlich promenierend, als begänne jetzt erst das Vergnügen des Tags; er sah Männer, im eifrigen Gespräch Geschäfte abwickelnd; Strolche, in deren grüne schmale Gesichter das Laster jedes seiner Zeichen vermerkt hat; er sah in todestraurige Antlitze Unglücklicher, die ihre Einsamkeit in die Nacht und unter Menschen gehetzt hat; er sah die Knaben mit den frechen Augen, geschminkten Wangen und den überdeutlich allzu zierlichen Gesten. Er sah Leute, in denen, unbekümmert um die Nacht, sich eine fieberhafte Geschäftigkeit entwickelte; und zahllose andere, denen die Nacht ihr Gewerbe bedeutete. Die meisten schienen in atemloser Hast hinter einem Ungewissen herzujagen. Aber einige standen an den Straßenecken, höchst gemütlich, fast ohne sich zu rühren, als wären sie eben aufgestanden und warteten auf etwas, das sie mit dem angebrochenen Tag anfangen konnten. Andere drängten sich an ihn an und drückten ihm mit einem geheimnisvollem Lächeln Zettel in die Hand, die er wegwarf. Sein Blick umfing alle Klassen und alle Stände, alle Temperamente und alle Stimmungen, alle Laster und alle Verbrechen. Und er sah Weiber, Weiber, Weiber, mit ihren Männern, mit fremden, mit anderen Weibern, truppweise, paarweise, einzelne, häßliche, schöne, einfache, elegante, alte, junge, stehend, gehend, laufend, schleichend, schamlose und schamhafte, freche und schüchterne, solche, die wie aufgetakelte Fregatten majestätisch dahersegelten und ganz junge, ganz schmale, aber alle die Sünde im bald frechen, bald scheuen Auge tragend. Und alles schien ihm in dieser Nacht von einer ganz besonderen Bedeutung, so als wollte diese Stadt ihr Pandämonium vor ihm aufführen und, in den Repräsentanten aller ihrer Typen, ein vollständiges Bild aller ihrer Höhen und Tiefen, ihrer Kräfte und ihrer Geheimnisse vor ihm ausbreiten. Wie ein Fest war es, das ihm diese Stadt bereitete und je weiter er hineingeriet, um so stolzer fühlte er sich und um so mutiger. Wie eine fröhliche Erregung war es über ihn gekommen, und nur ganz leise sang etwas in ihm: Eveline.

Einmal kam es ihm vor, als hätte er jenen Bahnhof wieder erkannt, auf dem er heute abend angekommen war. Er lag jetzt ganz im Dunkeln. Heiter winkte er ihm wie einem lieben, alten Vertrauten zu: »Du weißt doch? Morgen!« Und ging weiter.

Die endlose Straße, die ihn reizte und aufregte, immer weiter. Irgendwie mußte sie ihn doch an die Peripherie führen, die ihn lockte, denn es trieb ihn, die Stadt in ihrem ganzen Umfange zu umspannen und bis an ihr Äußerstes zu dringen. Allmählich schien nun ihr Leben doch abzuflauen und doch lag sie immer noch endlos vor ihm. Da bog er in stillere Seitenstraßen ein und gewahrte, in dem matten Lichte, das nun aufzudämmern begann, die unverkennbaren Zeichen der Armut. Die Häuser glichen öden Riesenkästen, deren langgestreckte uniforme Häßlichkeit kein Zeichen freundlicherer Gewöhnung unterbrach. Wieder ergriff ihn das aufregende Gefühl, welche Fülle unbekannten Schicksals diese grauen Mauern umschließen mochten. Jener seltsame Geruch verrufener Gegenden stieg ihm entgegen, der die Sinne aufpeitscht und die Phantasie mit vagen Vorstellungen des Geheimnisses und des Verbrechens füllt. Und der Infernoeindruck wuchs, wenn von Zeit zu Zeit der Schimmer einer roten Laterne geheimnisvoll die fahle Grauheit des Straßenbildes durchbrach und den Widerhall unsäglich wüster Musikgeräusche, aus dem Gekreische der Grammophonplatten, dem rohen Marschrhythmus gehämmerten Klavierlärms und dem Durcheinander hineingröhlender Menschenstimmen widerlich gemischt, in die Stille der Nacht hinaustrug, um über die farblose Kläglichkeit der Formen, in die sich hier die Sünde kleidete, wegzutäuschen. Clemens aber nahm auch dieses mit Dank entgegen. Es war ihm, als wollte in dieser Nacht die Stadt die

Ganzheit ihres Lebens, ihre Tiefen ebenso wie ihre Höhen vor ihm entschleiern, und auch dieses, das Häßliche ebenso wie das Schöne, das Dunkle wie das Helle, diente ihm, sein eigenes Lebensgefühl zu steigern. Und er empfand: auch dieses gehört irgendwie zu Eveline.

Aus einem der Lokale flogen, gerade als er daran vorbeiging, zwei Männer in weitem Bogen auf die Straße hinaus. Der eine stieß, absichtlich wohl, in ihn hinein, brummte Unverständliches, ohne weiter sehr erstaunt zu sein, als Clemens ihn zurückstieß. Er stolperte, fluchte, der andere riß ihn lachend am Arme mit sich, und sie torkelten, gerade, als Clemens in Kampfbereitschaft schon seine Ärmel geschürzt hatte, laut johlend weiter, die Straße mit ihrem Geschrei erfüllend.

Ein Paar Schritte weiter, vor einer beleuchteten Tür derselben Art standen wieder zwei Kerle, große, breite Männer, und sperrten seinen Weg. »Na, Junge,« sagte der eine, »du möchtest dich hier wohl amüsieren?« »Was ist, Kleiner,« mengte sich der andere dazu, »hast du Geld? Wie wär's mit einem kleinen Kümmelblättchen?« »Danke schön,« erwiderte Clemens, »fange selbst Bauer.« Und ging ungeniert durch sie durch. »Grüß' Muttern«, riefen sie ihm nach.

»Es scheint, diese Nacht macht uns alle zu Brüdern«, philosophierte Clemens. »Eine wunderliche Republik, die Gemeinschaft derer, die nicht schlafen wollen! Aber was macht es? Gott schickt jedem seine Zimmerkameraden, und man kann sie sich nicht immer aussuchen. Und schließlich ist einer so viel und so wenig wert wie der andere.« Eine Lust überkam ihm, unterzutauchen und ganz zu versinken. So unbändig war er mit Leben gefüllt.

Die Stadt hörte nicht auf. Die Peripherie, die er suchte, schien es nicht zu geben; wenigstens fand er sie nicht in dieser Nacht. Der Morgen fahlte; die Luft färbte sich blau; im Schein der Fenster wich das stumpfe Grau einem rosigen Gelb. Und immer wieder fand er sich aufs neue auf neuen großen Plätzen, in denen das Leben dieser Stadt neu aufzubrausen schien, jeder ein neues Zentrum, jedesmal als wenn das hier das eigentliche wäre, noch lauter und lärmender scheinend als die früheren. Am lautesten fast in der Nähe der ärmsten Viertel der Stadt. Aber das Leben hatte hier schon etwas gespenstisch Verzuckendes bekommen wie das Aufkrampfen eines mühsam noch leben Wollenden, der sterben muß, und auf den letzten Spuren der Nacht sah man bereits die ersten Boten des neuen Tags, Milchwagen, Brotjungen, Zeitungsfrauen und größere Trupps noch verschlafen in die Fabriken hastender Arbeiter. Er war schließlich durch die malerischen Partien der alten Stadtteile mit dem Winkelwerk ihrer menschenleeren kleinen Gassen, zu einer Stelle gekommen, auf der plötzlich ein Eindruck völlig anderer Art seine überraschten Sinne umfing. Als ob er nach langem Suchen, das Erlebnis dieser Nacht zu krönen, das Köstlichste zum Schlusse finden sollte, lag, im hellen Morgensonnenglanze, zu beiden Seiten einer prunkvoll weiten Straße, eine lange Reihe fürstlicher Schlösser vor ihm, wie ein Triumphweg edelster Baukunst, vor deren königlichen Schönheit und ruhigen Gelassenheit alle die tollen Gebilde des Gegenwartsbetriebs wie ein wüster Nachtspuk zurückwichen.

Wenige Schritte später fand er sich zum drittenmal vor jenem Bahnhof wieder, an der Stelle, wo für ihn das Herz der Erlebnisse dieser Nacht schlug. Die Spannung war von ihm gewichen. Noch war es nicht Müdigkeit, sondern Kraftgefühl, das er empfand, aber es war wie die Kraft eines Anderen. Durch die Ruhe, die über ihn gekommen war, hindurch spürte er, wie er das ganze Leben dieser Stadt, das er in sich hineingesogen hatte, in seinen Adern trug, und wie es ihn bis in die letzten Fingerspitzen füllte. Er war zum Bersten voll von dieser Nacht und reif zur Entladung. Und nur ganz von ferne noch, wie den letzten Abglanz eines wunderschönen Traums, wie den rosigen Abendschimmer über dunklen Wolken, fühlte er das Erlebnis: Eveline.

Er mußte dieser Nacht einen Schlußpunkt setzen. Er mußte einen Einschnitt machen zwischen dem, was heute war, und allem Künftigen. Und, außerdem, es graute ihn plötzlich vor seiner Einsamkeit. Es graute ihn vor dem Gedanken, jetzt in einem Hotelzimmer zu schlafen. So folgte er denn der Ersten Besten, die ihm winkte, ohne viel Besinnen, um nicht allein sein zu müssen mit der Fülle seines Lebens.

4.

Am nächsten Abend stand er pünktlich zur selben Stunde am selben Ort und wartete.

Der Tag war ihm wie ein Traum vergangen. Er hatte des Morgens irgendwo in einem Hotel ein Zimmer gemietet, hatte zwei Stunden geschlafen, gebadet, gefrühstückt, war durch ein paar Straßen gestrichen, hatte Kleider und Wäsche gekauft, war ins Hotel zurückgekehrt, hatte sich umgekleidet. Alles mechanisch, ohne recht zu wissen, was er tat, ohne Bewußtsein und Anteilnahme. Er hatte keine Straße und kein Haus wiedererkannt, alles schien ihm vollkommen verändert und fremd, gleichgültig und häßlich, er fand keine Brücke von der heutigen Wirklichkeit zum Erlebnis der Nacht. Dieses selbst lag weltenweit hinter ihm, klopfte kaum an seine Erinnerung. Er war dann stundenlang dagesessen, im kahlen Raume, der gar nicht in sein Bewußtsein trat, und hatte gewartet. Die Stunden gezählt, die Minuten gezählt und gewartet. Nichts als gewartet.

Dann war er hingegangen. Ganz leicht und lässig fast, heiter, ohne jede Sorge und jeden Zweifel. Durchströmt von Sicherheit, in dem bestimmtesten Gefühl, sie schon dort zu finden. Sie war nicht da. Aber das machte nichts. Sie mußte ja kommen. Es war nicht anders möglich. Es konnte gar nicht anders sein, er ließ den Gedanken gar nicht aufsteigen, als ob es anders sein könnte.

Er wartete viele Stunden lang. Geduldig. Eigentlich ohne sich viel Gedanken zu machen. Eigentlich ohne vieles Grübeln, was sie hindern könnte oder was er unternehmen müßte, wenn sie doch nicht kommen sollte. Er war ja ihrer so sicher. Er dachte eigentlich nichts als: Jetzt muß sie kommen; jetzt biegt sie um die Ecke. Jetzt. Und das ist sie. Wieder nicht. Und das! Und wieder nicht.

Bis er mit einemmal klar wußte: sie kommt nicht. Und sie ist mir für immer verloren.

Dann ging er, rasch entschlossen, in sein kahles Hotelzimmer hinauf, warf sich, in Kleidern, aufs Bett und schlief viele Stunden lang, traumlos.

So verlief sein zweiter Tag in der großen Stadt.

5.

Die nächsten Tage vergingen mit Suchen.

Die Mutlosigkeit der ersten Erschütterung war einem harten Willen gewichen, der ohne Hoffnung, aber um so entschlossener war, nichts unversucht zu lassen, was ihn auf die Spur der Verlorenen bringen konnte. Alle seine Gedanken kreisten monoman um das Eine. Ganz systematisch ging er vor. Um sich mit einemmal alles aus der Nähe des Bewußtseins zu schaffen, was ihn dabei irgendwie hätte zerstreuen oder abhalten können, legte er alle Besuche bei Landsleuten seiner engeren Heimat, die er sich vorgenommen hatte, da sie für seine nächsten Absichten von Wichtigkeit waren, gleich auf den ersten Vormittag, wickelte diese Unterredungen glatt ab, halben Herzens, gleichgültig, kaum hinhörend, nur um Kopf, Zeit und Weg ganz frei zu bekommen. Dagegen schob er die ursprüngliche Absicht, das Hotelzimmer mit einer eigenen kleinen Wohnung zu vertauschen, ganz von sich. Alle Funktionen der Ausführung: die Wahl der Gegend, das Ausschmücken der Wände, das Erfüllen der Räume mit seiner Persönlichkeit, das Betonen liebgewordener Gewohnheit, der sorgfältige Aufbau der kleinen Dinge, das alles war ihm durch jenes nie entschwindende Gespräch so sehr mit dem Bilde Evelinens und den zärtlich gehegten und oft liebkosten Vorstellungen ihrer Beziehung zu allen ihren Gegebenheiten zusammengeflossen, daß er außerstande war, eines vom anderen zu trennen. Er hatte sich den Bau dieser Wohnung und in ihm den Bau seines ganzen Lebens wie eine Kulthandlung zu ihrer Glorie gedacht, in derem kleinsten Teile sie eine zärtliche Beziehung auf sich versteckt hätte finden müssen. Jetzt auch nur daran zu denken, wäre ihm als Lästerung und Verbrechen erschienen. Nein, das später. Jetzt gab es nur eins, durfte er nur eins: suchen.

Er hatte sich zu einem Virtuosen des Suchens, das Suchen zu einer Kunst entwickelt, die er mit dem Einsatz aller seiner Gaben und Spürkräfte, mit Überlegung und Plan betrieb. Jeden Morgen entwarf er die Strategie des Tages, an die er sich mit sekundengenauer Pünktlichkeit hielt. Natürlich hatte er zuerst alle die Straßen aufgespürt, die er in jener Nacht mit ihr gegangen war. Diesen einen Weg wiederholte er zunächst so oft, bis er ihn, wechselweise, zu allen

Stunden des Tages und des Abends gegangen war. Dann aber spann er das Netz seiner Kombinationen über die ganze Stadt weiter, indem er jede zeitliche mit jeder räumlichen Möglichkeit variierte. Er zermarterte sein Hirn um alle Gewohnheiten eines jungen Mädchendaseins. Er spürte alle Orte auf, an denen die jungen Mädchen der Stadt zu sehen waren, alle Gelegenheiten, die das tägliche oder das gesellschaftliche Leben schaffen konnte. Er durchsuchte die Warenhäuser, die eleganten Läden; er wartete stundenlang an den Eingängen der Konzerthallen und der Theater. So strich er kreuz und quer, durch die Unermeßlichkeit dieses Riesenhaufens steinerner Mauern, krampfhaft immer hinter dieser einen Vorstellung seiner Erinnerung her. Die Stadt selbst sah er nicht mehr; der phantastische Schimmer jener ersten Nacht war abgeblättert; sie war ihm kahl und gleichgültig geworden, und das einzige, was er von ihr sah, war, um der einen willen, die Gesamtheit ihrer Frauen.

Das war in diesen Wochen der gespannten Suche des jungen Mannes Tagewerk, Beruf, Aufgabe und Lebensinhalt geworden: hinter den Frauen der Stadt herzujagen, mit geschärften Sinnen, immer wachen Blicken, blitzschnell die Augen rechts und links, nach vorn und nach rückwärts, über den Fahrdamm und in die Seitenstraßen werfend, daß keine ihm entging, so weit sein Blickfeld reichte. Er sah alle, übte Beobachtung und Erfahrung, lernte allmählich alle kennen: Alte und Junge, Häßliche und Schöne, Elegante und Einfache, Anständige und Lasterhafte, Damen und Weiber. Er lernte, mit sekundenschnellem Aufschlagen des Lids das Ganze einer Gestalt zu umfassen, aus kaum gesehenen Details das Wesen einer Erscheinung zu erraten, in einer flüchtig erhaschten Wendung eine Seele aufzufangen, im Vorübergehen so tief in die Tiefe eines Auges, in den Abgrund eines Lächelns zu blicken, daß nichts mehr zum Entschleiern übrig war, und das um so leichter, je gleichgültiger und kühler er selber blieb; denn sie war ja doch nicht darunter. Manchmal war es ihm einen Augenblick, als bliebe sein Herz stehen und sein Leben stockte: so sicher glaubte er, sie gesehen zu haben; aber dann sah er, daß ihn eine entfernte Ähnlichkeit geäfft, eine schlanke Jugendlichkeit getäuscht hatte. Oft gewahrte er, namentlich in der Ferne, einen Gang, der nur der ihre sein konnte: er lief und lief, und wenn er näher kam, mußte er sich überzeugen, daß ihn wieder einmal seine Sinne genarrt hatten, und nichts vorhanden war, das auch nur von ferne an sie erinnern durfte. So lief er von Enttäuschung zu Enttäuschung und gab es doch nicht auf und sank schließlich spät nachts, oft erst morgens, todmüde in sein Hotelbett, um in der nächsten Frühe dasselbe hoffnungslose Tagewerk hoffnungslos wieder aufzunehmen.

6.

Da geschah es, daß ihn eines Tages, als er, gesenkten Kopfes, vor dem Ausgange eines Warenhauses stand und nur hier und da noch, gewissermaßen wie zur eigenen Beruhigung, pflichtgemäß seine Augen verloren über die Scharen der herausströmenden Mädchen gleiten ließ, im Vorübergehen der Blick eines dunklen Auges streifte, anfangs von ihm unbemerkt, aber so merkwürdig und so deutlich nur zu ihm sprechend, daß er ihn nachträglich noch auf sich brennen fühlte, mit der ihn plötzlich durchzuckenden Gewißheit, daß nur sie, nur Eveline, ihn so angeblickt haben könne. Als er, sich dessen bewußt geworden, aufsah, waren Auge und Trägerin im Gewühle verschwunden.

Aber schon war er ihr nach. Mit einem nachtwandlerischen Gefühl, das ihm der bis in seine Fingerspitzen konzentrierte, fast zornige Wunsch: Diesmal nicht! Diesmal geht sie mir nicht verloren! Diesmal darf sie mir nicht verlorengehen! untrüglich gab, spürte er die Richtung, stieß durch die Menge, bog um die nächste Ecke und richtig! sah, wenn auch schon in der Ferne, die schlanke, zierliche, junge Figur mit dem schwebenden Gange, den leichten Schritten.

Mit ein paar Sätzen war er hinter ihr. *Sie war es nicht.* Ein Schritt nach vorwärts, und er sah ihr ins Gesicht. Keine Spur! Wo hatte er denn seine Augen gehabt? Nicht die mindeste Ähnlichkeit! Zwar war diese auch jung, auch schlank, auch zierlich, aber wo war das Unaussprechliche, das unsäglich Rührende, das Unirdische, Einmalige? Hier war alles erdenschwer, bewußter, gemeiner. Ja, gemeiner. Gegen jene gehalten: gemeiner und frecher. Das Mädchen sah auf, blickte ihn an, lächelte wissend; und wieder bog sie, nicht ohne Absicht, um eine nächste Ecke.

Seltsam. Etwas war da, was ihn erinnerte. Gewiß keine Ähnlichkeit. Kein zweiter Mensch, der beide gesehen hätte, wäre durch die eine an die andere erinnert worden. Welten lagen dazwischen. Nicht bloß die soziale Kluft, die ein Blinder bemerken mußte! Nicht bloß Bildung, Erziehung, Geschmack! Und vor allem der Ausdruck! Und die Seele! Und das Auge! Alles, alles war anders. Was war es also nur, das ihn bei dieser an die andere denken machte? Was es war, konnte er nicht sagen: aber so stark war es, daß es für ihn bis an die Identität reichte, daß sich die Grenzen zu verschieben begannen, daß sie anfingen, in seinem Bewußtsein ineinander überzugehen, in eine Gestalt zu verschwimmen.

Und vor allem, wie sie da um die Ecke bog: nur das kein zweitesmal erleben, dieses Verlieren, diese Ohnmacht dem Schicksal gegenüber, ohne Möglichkeit, einzugreifen, ohne Anhaltspunkt. Nein, diesmal nicht. Die sollte ihm nicht wieder verlorengehen. Die wollte er nicht verlieren. Wenigstens die Möglichkeit wollte er sich retten. Was er dann damit begann, sollte seine Sache sein.

Er sprach sie gar nicht an. Er fürchtete sich davor. Hatte Angst, ihre Stimme zu hören. Er sah es dem Munde an, wie gewöhnlich ihre Sprache klingen mußte. An den Inhalt traute er sich gar nicht zu denken. Jedenfalls schien sie verwundert darüber und hatte das Lächeln allmählich aufgegeben.

So lief er hinter dem fremden Mädchen her. Er dachte daran, wie er keine halbe Stunde zuvor noch vor dem Warenhaus gestanden und traurig vor sich hingestiert hatte: verzweifelter als je vorher von der Aussichtslosigkeit seines Wartens und Suchens überzeugt. Er dachte an die mutlose Leere, die in ihm hochgestiegen war, und wie er mit einemmal ganz verzagt schon mit dem Entschlusse gerungen hatte, jede Hoffnung und jeden weiteren Versuch ein für allemal abzuschneiden; und wie ihn ein einziger Blick erst aufs tiefste erschüttert, dann alle seine Kräfte und die ganze Fülle der holden Erinnerung wieder nach oben getrieben und ihn bis in die letzte Tiefe seines Wesens mit dem Bilde der entschwundenen Geliebten wieder erfüllt habe; und schritt fröhlich und zuversichtlich aus, wie wenn er sie bereits wieder gefunden hätte.

So lief er hinter dem Mädchen her, Straße auf, Straße ab, immer weiter, bis tief in das Gewirre der ärmeren Viertel hinein. Sie sah sich gar nicht mehr um, ging gleichmäßigen Schrittes weiter, bis sie weit draußen, in einer der gleichgültigsten Straßen vor einem der großen, häßlichen, grauen Häuser haltmachte, vor dem Haustor stehenblieb, wie zufällig einen Blick auf eine an der Türe befestigte Papptafel warf, aufschloß und die Türe angelehnt ließ. Dann verschwand sie im Hause. Er las an der Tafel: Zimmer, vorne vier Treppen, zu vermieten. Näheres zu erfragen bei Herrn Polizeikommissär Quadderbacke, öffnete die angelehnte Türe und ging ihr nach. Als sie im vierten Stockwerke angelangt war, wartete er einige Minuten im dritten, stieg hinauf, las an einem Schilde: Emil Quadderbacke, Polizeikommissär. Er stutzte: »Polizeikommissär? Und das muß gerade mir passieren? Schöne Nachbarschaft! Und ist es nicht bedenklich, den Kopf so in den Rachen des Löwen zu stecken? Heißt das nicht Gott versuchen? Aber nein. Im Gegenteil. Gerade. Man kann gar nicht unverdächtiger wohnen. Nichts schützt besser vor jeder Entdeckung als diese Nähe. Und was man ihr auf die Nase bindet, bemerkt die Polizei am wenigsten. Ich kann es mir gar nicht besser wünschen.« Und klingelte. Ein mittelgroßer, kräftiger Herr in Hemdsärmeln, zwischen dreißig und vierzig, in dessen Gesicht ein mächtiger, hinaufgetriebener, blonder Schnurrbart jedes andere Symptom von Ausdruck, Charakter und Physiognomie im Keime erstickt hatte, öffnete: »Was wünschen Sie, mein Herr?« »Hier soll ein Zimmer zu vermieten sein?« »Bitte, mein Herr.« Er führte ihn hinein, nannte einen mäßigen Preis, mit einem mißtrauischen Schielen, das Clemens verstand. »Ich reise ohne Gepäck, aber ich zahle die Miete gerne im vorhinein.« »So ist's recht. Das genügt mir als Sicherheit.« Ein zweiter freundlicherer Blick auf die angenehm gefüllte Brieftasche, und Clemens, ohne hinzusehen, mietete das Zimmer.

7.

Von jetzt ab stellte er das Suchen endgültig ein.

Am nächsten Morgen hatte er sein Zimmer bezogen, sich schlecht und recht eingerichtet, das heißt seine Habseligkeiten in einer Lade des Schrankes untergebracht, und alles andere unverändert gelassen, unbeteiligt, ohne Versuch, die grauenhafte Trostlosigkeit des mit dem traditionellen Ungeschmack möblierten Zimmers wohnlicher, freundlicher, persönlicher zu gestalten, als wollte er das Provisorische und auf Abbruch Berechnete seiner Lage vor sich selbst betonen, und sich mit einer fast stumpfen Ruhe und Anpassung dieser Lage hingegeben.

Er hatte, wie er es nannte, sein Leben neutralisiert. Das Bummeln in der Stadt, die ihm durch das endlose Gassenlaufen der letzten Tage allzu bekannt, gleichgültig, ja zuwider geworden war, gab er auf, verließ das Haus nur, um in einem nahegelegenen Gast- oder Kaffeehause etwas zu sich zu nehmen und verbrachte die Zwischenzeit zwischen den Mahlzeiten auf seinem Zimmer, indem er zu arbeiten versuchte, oder, auf dem Kanapee liegend, stundenlang las. Er sprach mit keinem Menschen. Die Beziehungen, die sich aus den Besuchen seines ersten Vormittags in der Stadt hätten ergeben können, ließ er fallen, vertagte sie zum mindesten auf später; Herr Quadderbacke zeigte sich nicht mehr, Frau Quadderbacke, ein dürftiges, unscheinbares, schattenhaftes Wesen, ältlich und verblüht, das unbemerkt und unauffällig sein Tagewerk vollbrachte, indem es lautlos wie ein graues Gespenst durch die Zimmer glitt, sprach kein Wort, antwortete kaum, wenn sie gefragt wurde: sie schien ihm schwerhörig zu sein. Und auch das junge Mädchen war ihm bisher nicht zu Gesicht gekommen. Um so besser. Sie war es ja doch nicht. Und er brauchte sie nur, sich an die andere erinnern zu lassen. Dazu genügte die Gewißheit ihrer Nähe. Deshalb war er hergezogen. Im übrigen war sie ihm – darüber war er sich klar geworden – gleichgültig.

8.

Am Morgen des zweiten Tages, als er vom Frühstück heimkehrte, begegnete er ihr im Vorzimmer. Sie war zum Weggehen gekleidet. Er blieb stehen und grüßte. Sie tat fremd. »Sie sind wohl der neue Mieter? Mein Schwager hat mir, glaube ich, erzählt. Ich bin nämlich die Schwester von Frau Quadderbacke.« Er nannte seinen Namen. »Und ich heiße Lili Apfelbaum.« Sie sagte es lachend, wie einen guten Witz, und erwartete eine Antwort. Aber er grüßte bloß und ging auf sein Zimmer. Verdutzt sah sie ihm nach.

Abends – das Fenster stand weit auf, ein taghelier Sommerabend hing ins Zimmer, er lag auf seinem Sofa und las – klopfte es an seiner Türe. »Ich bin es, Fräulein Lili!« rief es. »Darf ich hinein?« Und stand schon in der Mitte des Zimmers. Er erhob sich und fragte: »Womit kann ich Ihnen dienen?« »Ich muß Sie etwas fragen.« »Bitte.« »Aber Sie werden mir nicht böse sein?« »Gewiß nicht.« »Was haben Sie gegen mich?« Sie ging aufs Ganze. »Ich? – Nichts. Was sollte ich gegen Sie haben?« Es klang sehr höflich, aber sehr kühl: Was wollte sie von ihm; sie sollte ihn in Ruhe lassen. Aber sie gab nicht nach. »Doch. Das spürt man. Ich spüre so etwas sofort.« »Sie reden sich das ein.« »Nein. Ich weiß es seit dem ersten Moment. Oder eigentlich seit dem zweiten.« Letzteres mit dem koketten Augenaufschlag. Hübsche Augen hatte sie übrigens. Und talentvolle: aber bei ihm vergeblich. »Wenn Sie das glauben, tut es mir leid. Ich wüßte nicht, warum ich etwas gegen Sie haben sollte. Es wird wohl so meine Art im allgemeinen sein.« »Eigentlich sehen Sie nicht so aus.« Das Kompliment fing nicht, und er ging auch nicht darauf ein, wie er eigentlich aussah, sondern zuckte die Achseln. »Sind Ihre Landsleute alle so?« »Ich weiß nicht, wie meine Landsleute sind. Ich bin so.« »Wir hatten einmal einen Herrn hier wohnen, der war ganz anders. Ganz schwarz und melancholisch und auch ein bißchen verrückt. Aber riesig interessant. Und spielte der schön Klavier. Meistens Chopin, und man konnte manchmal stundenlang zuhören und wurde nicht müde. Im Nebenzimmer natürlich.« Fräulein Lili wurde sentimental. Überhaupt Musik: da kenne sie sich nicht und möchte am liebsten weinen. Der Versuch, Tränen in der Stimme anzudeuten, glückte nicht vollständig, stand ihr aber ganz nett, im Gefühl der Ungeschicklichkeit sogar rührend. Sie sah übrigens gar nicht so unfein aus, mit dem schmalen Köpfchen, nichts weniger als gemein, was allerdings durch das ng im Namen Chopin aufgehoben wurde: wäre ihr nur der Chopin nicht eingefallen! Ihm hatte sie es zu danken, wenn Clemens trocken meinte, er sei eben ganz anders, sei nichts weniger als riesig interessant, spiele nur gebrochen Klavier und mache sich aus Mädchen und Liebe nicht viel, was sie ja eigentlich mit melancholisch hätte ausdrücken wollen. Aber das war das Stichwort! Sie jubelte auf: »Sehen Sie! Ich auch nicht. Gar nichts. Ich bin darin ganz anders als andere Mädchen. Ich bin nur für das Höhere und die Bildung. Ich könnte den ganzen Tag nur lesen. Ich habe zwar einen Bräutigam, übrigens ein sehr feiner und gebildeter Herr, ein Ingenieur (mit sch), aber dafür hat er gar keinen Sinn. Und das macht mich ganz unglücklich. Übrigens merkwürdig, daß ich Ihnen das alles sage!« Die Erinnerung an den gebildeten Bräutigam ließ ihr Gesicht gleich weniger rührend und fein erscheinen, das Wort »Herr« gab ihm sogar einen plebejischen Zug. Clemens heuchelte Verständnis für den unliterarischen Ingenieur. Er verstehe das: Menschen, die arbeiten, sprächen nie gern über Bücher; er zum Beispiel tue es prinzipiell nicht; Bücher seien zum Lesen da, nicht zum Reden. Das war nicht bloß Künftigem klug vorgebeugt, sondern auch deutlich (»fast allzu deutlich«, fühlte Clemens) für den Moment. Sie verstand auch, unterdrückte, was sie über das Bedürfnis einer Ansprache, das jeder Mensch habe, äußern wollte, und sagte nur pikiert: »Ich will Sie auch nicht stören. Guten Abend. Und das mit meinem Bräutigam habe ich nur erwähnt, um jedes Mißverständnis von vornherein zu beseitigen.« Mit diesem vieldeutig unverständlichen Ausspruche ging sie. *Die* Schlacht hatte sie verloren.

Clemens blieb, sehr befriedigt. Er hatte seine Seelenruhe, seine Einsamkeit, Evelinens Bild verteidigt. Der Ton, den er gefunden hatte, war der richtige. Dieses Mädchen war ihm nicht gefährlich.

9.

Lili war den ganzen folgenden Tag nicht zu sehen. Es war unerträglich heiß gewesen, der Stadtsommer brannte auf die Dächer, troff von den Mauern, die Sonne glühte krankhaft grell und steil, die Luft stand dick und gläsern und dampfte. Schwer und träge hingen die Lider über den schmerzenden Augen, so daß der kaum abgekühlte Abend wenigstens diesen ein erfrischendes Dunkel brachte. Clemens war deshalb nach dem Abendbrot ein wenig in den Straßen auf und ab gelaufen und kam, etwas später als sonst, in der Nacht nach Hause; als er durch das stockdunkle Vorzimmer ging, um seine Bude aufzusuchen, fühlte er sich plötzlich an der Hand ergriffen, eine Tür ging leise auf, er wurde in ein Zimmer hineingezogen, die Türe schloß sich, er stand im Dunkeln, sah nichts als ein schimmerndes Gesicht, die Weiße eines Nachtgewandes, den funkelnden Glanz dunkler Augen, hörte das Keuchen einer jungen Brust, Lili. Er wollte sich losreißen und suchte die Türe, aber sie packte ihn mit beiden Händen und begann, fast unhörbar leise, mit Schluchzen in der erregungheiseren Stimme, stoßweise: »Nein. Bleiben Sie! Sie müssen bleiben! Sie können mir das nicht antun. Ich muß Sie sprechen. Ein einziges Mal nur. Sie müssen mich hören. Es ist mir alles gleich. Aber sprechen muß ich Sie. Ich halte das nicht länger aus. Ich will wissen, was das alles zu bedeuten hat. Warum behandeln Sie mich so? Was habe ich Ihnen getan? Ich fühle mich ja so blamiert. Das bin ich nicht gewöhnt. So bin ich noch nie behandelt worden. Von keinem. Bin ich Ihnen denn so gleichgültig? Reden Sie doch! Finden Sie mich denn so häßlich? Aber warum sind Sie mir dann nachgegangen? Warum haben Sie hier gemietet? Was bedeutet das alles? Wissen Sie etwas Schlechtes von mir? Haben Sie etwas Schlechtes von mir erfahren? Hat man mich bei Ihnen verleumdet? Die Menschen sind ja so böse, so gemein. So reden Sie doch! So sagen Sie doch etwas! Nein, sagen Sie nichts, Sie werden mich ja doch nur wieder beleidigen. Glauben Sie, ich verstehe Ihren höhnischen Ton nicht? Glauben Sie, ich weiß nicht, daß Sie sich über mich lustig machen? Womit habe ich das verdient? Ich bin nicht schlecht. Ich schwöre Ihnen, ich bin nicht schlecht. Ich bin ja so unglücklich!« Sie fing bitterlich zu weinen an.

Er stand da, die Lippen aufeinandergepreßt, die Zähne zusammengebissen und in den letzten Nerv hinein entschlossen, sich durch nichts rühren zu lassen. So war er nicht zu fangen. Er zweifelte gar nicht, daß die Tränen, die ihren jungen Leib erschütterten, echt waren. Aber auch echte Tränen sind billig. Nur jetzt kein kupplerisches Mitleid. Hier ging es für ihn um mehr, als um die leichtflüssigen Tränen einer erregten Mädcheneitelkeit. Hier galt es seiner Freiheit. Was hatte dieses Schicksal mit seinem zu tun? Und er freute sich fast, wie sehr er Herr seiner Sinne blieb.

»Fräulein Lili,« begann er, leise, mit tröstendem Zureden, »seien Sie nicht töricht! Machen Sie sich nicht unglücklich! Seien Sie gescheit, und wenn *Sie* es nicht können, dann muß ich es für uns beide sein. Ich kann nicht...!« Aber sie unterbrach ihn. »Ich will aber nicht gescheit sein. Ich will glücklich sein. Sie ahnen ja nicht, wie unglücklich ich bin. Sie ahnen ja nicht, wie schlecht die Leute zu mir sind. Ich bin ja so allein. Und ich habe mich ja so auf Sie gefreut. Endlich ein Mensch, der dich verstehen wird, habe ich zu mir gesagt. Ich habe Ihnen gestern von meinem Bräutigam erzählt. Aber ich habe Ihnen nicht gesagt, daß ich die Verlobung gelöst habe, daß ich ihm den Laufpaß gegeben habe. Und wissen Sie warum? Weil er roh und brutal war, weil er zu mir nicht paßte, weil er mich nicht verstanden hat, weil ich mit ihm nicht sprechen konnte, weil ich mich mit ihm gelangweilt habe. Und nun kommt endlich ein Mensch, der fein und zart zu mir ist und mich verstehen könnte, und den soll ich gleich wieder verlieren? Warum denn? Mögen Sie mich nicht? Lieben Sie eine andere? Aber es ist ja nicht wahr. Ich habe alle Ihre Sachen durchsucht und nichts gefunden. Keinen Brief und kein Bild. Auch in Ihrer Brieftasche war nichts. Da – –« Sie lief zum Bett, holte etwas unter dem Kissen hervor und warf es auf den Tisch. »Ich habe sie gestohlen. Ich war ja närrisch vor Eifersucht. Und wenn du keine andere liebst, warum willst du mich nicht liebhaben?«

Da packte ihn der Zorn. »Weil ich nicht kann!« stieß er hervor. »Weil ich was anderes zu tun habe. Weil ich zu was anderem auf der Welt bin. Weil ich nicht will!« Er hätte Evelinens Namen vor ihr nicht herausgebracht, und wenn es um sein Leben gegangen wäre.

»Du mußt aber!« schrie sie. »Du bist meine einzige Rettung. Sonst gehe ich zugrunde. Du weißt ja nicht, was ich leide. Du weißt ja nicht, was das hier für eine Hölle ist. Du weißt ja nicht, wie sie mich hier quälen und peinigen. Ich habe ja sonst nichts als dich. Hörst du, du mußt, ob du willst oder nicht! Du lieber, dummer Bub, du!«

Und sprang mit einem Satze an ihm herauf, schlang beide Arme um seinen Hals, preßte ihren ganzen jungen bebenden Körper fest an den seinen, preßte ihren Mund an seinen Mund und küßte ihn besinnungslos.

Er aber riß ihre Arme von seinem Hals, schüttelte ihren Körper ab, warf ihn ins Zimmer zurück und schrie: »Ich will aber nicht! Verstehen Sie mich? Ich will nicht!« riß die Türe auf und stürzte hinaus, während im selben Augenblick die Wohnungstüre mit großem Lärm und Geräusch geöffnet wurde. Draußen im dunklen Korridor überrannte er beinahe eine dunkle Gestalt, erreichte sein Zimmer, warf die Türe ins Schloß und riegelte sie ab. Dann schmiß er sich aufs Bett und hörte noch, wie aus weiter Ferne, ohne Näheres zu verstehen, das Echo heftig streitender Stimmen und Zufallen von Türen.

Zeitig am nächsten Morgen pochte es laut. »Hier Quadderbacke,« sagte eine grobe Stimme, »ich habe mit Ihnen zu reden.« Er warf schnell ein paar Kleidungsstücke über und öffnete. Quadderbacke, in voller Amtsuniform, trat ein. »Hier ist Ihre Brieftasche«, sagte er und warf sie auf den Tisch. »Ich habe das da hier im Zimmer meiner Schwägerin gefunden. Können Sie mir erklären, wie das Ding dorthin kam? Oder reden Sie lieber nichts, man weiß ja, wie so was ins Zimmer eines jungen Mädchens kommt, und lassen Sie sich von mir gesagt sein, daß ich mir derartige Besuche in Zukunft verbitte. Verstehen Sie mich? Das Mädel sagt mir, daß Sie sie bereits wiederholt belästigt haben und daß sie sich Ihrer Annäherungsversuche nur mit Mühe erwehren kann. Nun hören Sie mal gut zu, junger Mann! Nämlich: Es gibt solche Mädchen und solche Mädchen. Dieses ist ein Mädchen zum Heiraten. Und ans Heiraten werden Sie doch wohl noch nicht gedacht haben. Würde mir auch gar nicht passen. Unterlassen Sie das also künftighin. Mit mir ist nämlich nicht zu spaßen.«

»Herr Quadderbacke, ich halte mich natürlich für verpflichtet, Fräulein Lili jede gewünschte Genugtuung zu verschaffen, und bin überdies jeden Moment bereit, das Zimmer zu verlassen, wenn Sie es wünschen.«

»I, wo werde ich denn? Das wäre ja noch schöner. Weil Sie ein Mädel nicht in Ruhe lassen können, soll ich das Zimmer leer stehen haben? Da wäre ich ja der Gestrafte. Im Gegenteil. Hübsch dageblieben. Einen zahlungsfähigen Mieter gibt man nicht so ohne weiteres auf. Und schließlich: ein junger Mensch versucht mal sein Glück. Da ist ja weiter nichts dabei. Nun wissen Sie, daß hier für Sie nichts zu holen ist und daß das Mädel, Gott sei Dank, nicht schutzlos dasteht in der Welt, sondern mich hat, der höllisch aufpaßt, und nun werden Sie künftighin die Finger davon lassen, denk' ich. Wo nicht, sollen Sie Quadderbacke kennen lernen. Guten Morgen.«

Quadderbacke klinkte mit Grandezza die Türe auf, im selben Augenblick wurde draußen rasch und leise eine zweite zugemacht, eine Sekunde später fiel mit Krachen die Wohnungstüre ins Schloß. Clemens dachte: Es scheint, hier wird meines Bleibens nicht lange sein: Wurzel werde ich hier nicht schlagen. Aber wo sonst?

10.

Draußen wurden Schritte laut. Rasche, flüchtige, zwei Kinderfüßchen, aber auf und ab, auf und ab, wie eines ungeduldig Wartenden. Schnell kleidete er sich an und ging auf den Korridor. Lili war es, die bereits vollständig angezogen sich im Korridor aufhielt. Sie erschrak, als sie ihn erblickte, und wollte in ihr Zimmer flüchten. Er bat möglichst ernsthaft: »Treten Sie doch einen Augenblick bei mir ein! Ich möchte Ihnen etwas sagen.« Es klang weniger streng, als er wollte.

Lili folgte, gehorsam. Er sagte, als sie in seinem Zimmer waren: »Nehmen Sie doch, bitte, Platz!« Sie blieb an der Türe stehen, das Köpfchen gesenkt, bis in die Schläfen hochrot und ganz verlegen vor dem Blut, das sie in ihren Wangen fühlte. Und dann sagte sie, kaum hörbar, und das Köpfchen verkroch sich immer tiefer: »Ich schäme mich so vor Ihnen.«

Am liebsten hätte er geantwortet: Ich mich auch. Für Sie. Daß Sie sich vor mir schämen müssen. Aber er sagte nichts, führte sie an den Tisch und wies auf den Stuhl. Dann saßen sie beide und schwiegen.

Innerlich aber fand er die Situation lächerlich und sein Zartgefühl deplaciert. Er war gewiß kein Richter und kein Lehrer, und ließ jeden sein und tun, wie er wollte. Aber schließlich, Gemeinheit ist Gemeinheit und Verrat ist das ärgste; das einzige, das er nicht verzieh. Warum sollte er ihr das nicht sagen? Nicht um sie zu bessern, das war wohl kaum mehr möglich, sondern um sich zu entlasten: sonst fraß der Wurm weiter. Also heraus damit!

Er konnte aber nicht. Er sah sie an und fand sie eigentlich rührend. Er entdeckte, daß er ihr heute, trotz allem, was sie ihm angetan hatte, Verrat, Lüge, Verleumdung, trotz der heillosen Situation, in die sie ihn gebracht hatte, weniger böse war als gestern, da sie ihm doch eigentlich noch nichts getan hatte. Wie geprügelt sah das arme Ding aus. Es mußte wohl auch so was gewesen sein. Jedenfalls, das war keine Komödie. –

Dann sagte er irgend etwas: »Ihr Schwager ist wohl sehr strenge?«

Sie nickte lebhaft.

»Er bestraft Sie wohl? Schlägt Sie am Ende gar?«

Sie wurde noch röter, nickte noch heftiger.

»Aber wie darf er denn das? Wie darf ein Mensch einen anderen schlagen?«

»Er tut's aber doch.« Er sei so furchtbar moralisch, habe so unglaublich strenge Grundsätze. Wenn's nach ihm ginge, dürfe sie mit keinem Menschen auch nur sprechen. Am liebsten halte er sie eingesperrt, um ihr nur alle Welt fernzuhalten. Sie soll nur nichts von der Welt wissen und nichts vom Leben erfahren. Er möchte sie in völliger Unwissenheit erhalten. Dagegen freilich, daß sie mitverdiene, habe er nichts. Aber ein Mensch, der arbeite und sich sein Brot selbst verdiene, habe doch auch ein Recht auf Selbständigkeit. Das wolle er nicht einsehen, und er sei so furchtbar energisch: gegen seinen Willen sei nicht anzukommen.

»Ach was! Schlagen darf er Sie nicht. Das dürfen Sie sich nicht gefallen lassen. Sich schlagen lassen ist menschenunwürdig, ist würdelos. Ein Mensch, der sich schlagen läßt, ist zu allem fähig. Dann ist es ja kein Wunder, daß Sie zu allen Waffen greifen: zur Lüge, zur Verleumdung, zum Verrat. Dann werden Sie ja förmlich hineingetrieben, zur Gemeinheit gezwungen und gezüchtet.«

Er erstaunte über sich selbst. Das ist ja mehr Plaidoyer, dachte er, als Anklage. Sie hat ja mich verraten; ich habe sie doch nicht geschlagen.

Und er fuhr fort: »Und was hätten Sie getan, wenn ich die Wahrheit gesagt hätte? Wenn ich Ihrem Schwager rundheraus erklärt hätte, alles, was Sie erzählt haben, ist Verleumdung, Sie haben mich ins Zimmer hineingezogen, sich mir an den Hals geworfen, und nicht Sie haben sich meiner, sondern ich mich Ihrer erwehrt?«

Wie er das ausgesprochen hatte, schämte er sich. Wie Peitschenhiebe klang es, so roh und brutal. Aber nun war es draußen. Er sah sie an.

Sie hob den Kopf und schaute ihm ins Auge. »Ich wußte, daß Sie das nie tun würden. Jeder andere hätte es getan. Sie nicht. Das wußte ich ganz bestimmt.«

Sie sagte es ganz einfach und still.

»Also, gerade deshalb, weil Sie es wußten, haben Sie das getan? Aber gerade deshalb hätten Sie es nicht tun dürfen. Wenn Sie mich also für weniger anständig gehalten hätten, hätten Sie mich geschont? Und weil Sie mich für anständig gehalten haben, haben Sie mich dafür bestraft und mir das Ärgste angetan, was Sie mir antun konnten. Denn Verrat ist das Ärgste. Nichts trifft mich so tief und reizt mich so auf wie Verrat. Eine Frau, die mich verrät, die mein Inneres ausspäht und es anderen ausliefert, tut mir tausendmal Schlimmeres, als wenn sie mich betrügt. Denn Betrug ist ein Vergehen gegen den Besitzwahn, Verrat aber Sünde gegen den heiligen Geist, gegen mein geheimstes Ich, gegen meine Seele. Warum haben Sie mir das angetan?«

»Warum? Warum ich das getan habe?« schrie sie auf. »Weil ich Sie mit Gewalt dazu bringen wollte, gegen mich anständig zu sein. Weil ich das einmal erleben wollte, ein einziges Mal, daß ein Mensch sich gegen mich anständig benimmt. Und von Ihnen wollte ich es erleben, nur von Ihnen, von keinem anderen. Sie wissen ja nicht, was ich schon für Schlechtigkeit erfahren habe. Sie sind der erste Mann, zu dem ich aufschauen, zu dem ich beten möchte. Und darum wollte ich schlecht sein, ganz schlecht, nur damit Sie um so besser und anständiger vor mir dastehen. Darum. Jetzt wissen Sie's. Und jetzt weiß ich, daß das ganz dumm von mir war, und daß Sie mir das nie verzeihen werden. Und schäme mich so, daß ich Ihnen nie mehr in die Augen werde schauen können.«

Und er schämte sich bei diesem Ausbruch mit ihr und nicht viel weniger als sie. Und so saßen sie beide da, ganz still, und trauten sich nicht zu reden, und trauten sich nicht, die Augen aufzuschlagen.

Nach einer Weile stand sie auf und sagte: »Nun werde ich gehen. Und ich möchte Sie nur noch bitten, wenn Sie können, seien Sie nicht mehr ganz so böse auf mich, wie ich es verdiene. Ich werde Sie gewiß nie wieder belästigen. Aber vergessen Sie nicht, ich bin ein dummes Mädel und weiß nicht, was sich gehört, und weiß nicht, was recht ist, und darüber, was gut und was schlecht ist, habe ich mir eigentlich nie viel Gedanken gemacht. Ich habe mir eingebildet, daß Sie der einzige Mensch sind, von dem ich das erfahren werde und alles andere auch. Das ist nun aus. Und vielleicht werde ich es doch noch durch Sie erfahren, auch ohne daß Sie es mir sagen werden. Bloß, daß Sie da sind. Und vielleicht ist das die Hauptsache, und das andere ist nur gar nicht so wichtig, wie ich mir jetzt einbilde. Jedenfalls: verraten werde ich Sie nie. Und haben Sie Dank für alles!«

Sie tat ihm unendlich leid. Am liebsten hätte er ihren Kopf genommen und ihr einen Kuß gegeben. Aber er dachte in diesem Augenblick an Eveline, schämte sich und gab ihr keinen Kuß. In der Türe blieb sie stehen und grüßte ihn noch einmal mit traurigen Augen. Er ging ihr nach, gab ihr freundlich die Hand und sagte: »Auf Wiedersehen, Lili!«

Aber nachts träumte er von Herrn Polizeikommissär Quadderbacke und seinem Schnurrbart, der kräftiger hinaufgestrichen war als je. Er trug eine glänzende Galauniform, an der rückwärts zwei mächtige schwarze Flügel angenäht waren, und in der ausgestreckten rechten Hand ein flammendes Schwert.

11.

Sie hielt Wort, mehr fast, als ihm lieb war. Kaum daß er sie zuweilen flüchtig und blicklos im Korridor vorüberhuschen sah. So wurde es in den nächsten Tagen ganz still in der Wohnung. Frau Quadderbacke war noch unsichtbarer und unhörbarer als sonst. Und nur, wenn Quadderbacke, auf die Sekunde pünktlich, zweimal täglich, nachmittags und nachts, den Ärger seiner Amtsstunden in seine Häuslichkeit verpflanzte, hörte man das Gepolter seiner Türenbehandlung, und, während seiner schnellen Mahlzeiten, den scheltenden Diskant seiner schneidend schneidigen Kommandostimme. Dann schlief er, und es wurde wieder ruhig, bis auf das Schnarchgeräusch, das seiner ganzen Persönlichkeit so unbedingt zuzutrauen war, daß man es durch alle Wände hindurch zu vernehmen vermeinte.

Clemens genoß diese Ruhe ganz behaglich. Um so mehr, als auch sein Zimmer allmählich eine gewisse Behaglichkeit anzunehmen begann. Es schien sich langsam zu verwandeln. Irgendeine kleine Veränderung war täglich zu bemerken. Ein freundliches Deckchen auf dem Tisch, eine zierlichere Anordnung der Geräte, hier und dort ein neuer Gegenstand, eine Vase, ein Aschbecher, nicht ohne Geschmack gewählt. Die schlechten Öldruckbilder waren eines Tages durch ganz annehmbare Steindruckblätter ersetzt. Eine ordnende Hand sonderte Wäsche und Anzüge, sorglich geglättet und gebügelt, hielt seine Bücher in Reih und Glied, die Papiere auf dem Schreibtische vom Staube rein. Wenn er morgens nach dem Frühstück heimkehrte, grüßte ihn eine frische Blume im Blumenglase, abends fand er eine gefüllte Obstschale auf seinem Tische. Alle seine kleinen Gewohnheiten waren bemerkt worden und wurden berücksichtigt. Er pflegte, wenn er nachts nach Hause kam, für seine Arbeit, zu der er am liebsten die ersten Nachtstunden nutzte, noch einmal Kleider und Schuhe zu wechseln; jeden Abend stand ein zweites Paar Schuhe, sauber gebürstet, vor dem Bette, lag, handlich ausgebreitet, der bequemere Hausrock vorbereitet da. Der Tisch war zierlich gedeckt und auf der Silberplatte, neben der Obstschale, die Karaffe mit frischem Wasser, ein mit seinen Lieblingszigaretten reichlich gefüllter Becher nicht vergessen.

So fühlte er sich von einer mütterlichen Fürsorge eingesponnen und konnte sich nicht verhehlen, daß er sie dankbar empfand. Natürlich spürte er Lilis Hand darin: die vergrämte Frau Quadderbacke sah wahrhaftig nicht so aus, als ob unter dem Kreuz ihres Hausstands und ihrer Ehe der Sinn für die kleinen Wünsche anderer gedeihen könnte. Wenn's aber Lili war, so war das sehr nett von ihr. Aber er konnte es doch nicht so ohne weiteres einstecken. Irgendwie mußte er sich doch für ihre Aufmerksamkeiten erkenntlich erweisen. Aber wie ihr danken? Wenn sie's am Ende doch nicht war, wäre der Dank nur eine neue Beschämung für sie, und beschämt hatte er das arme Mädel nun wirklich nachgerade genug. Anfangen konnte er also mit dem Dank nicht. Er mußte etwas anderes finden, einen Ausweg, einen Umweg. Und er fand ihn. Bevor er ihr dankte, mußte er das andere aus der Welt schaffen: die Kränkung, die sie erlitten hatte. Daß sie schuld daran hatte, daß er recht gehabt hatte, darauf kam es nicht mehr an. Es kommt ja überhaupt nicht darauf an, daß einer recht hat, sondern darauf, daß Menschenwürde nicht gekränkt wird. Und sein Entschluß, gutzumachen, war gefaßt.

12.

Er ging in die Stadt, kaufte nach langem Suchen ein kleines Kreuz aus Elfenbein, eine alte Arbeit, einfach anzusehen, aber zierlich geschnitzt und von künstlerischem Wert (er schenkte aus Grundsatz nichts, was ihm nicht selbst gefiel), tat es an ein schwarzes Samtband und trug es nach Hause. Im Korridor warf er einen Blick auf den Kleiderständer: die kleine, schwarzbebänderte Strohschute hing daran. Sie war also zu Hause. »Am Ende krank?« durchfuhr es ihn, und er war ganz besorgt. Leider war aber auch, wie er hörte, Herr Quadderbacke zu Hause. Es hieß also, sich gedulden. Nachmittags – es war Sonnabend und an diesem Tage hatte, wie er wußte, Quadderbacke besonders langen Dienst – wartete er, bis der geräuschvolle Mann das Haus verlassen hatte, nahm einen Anlauf und klopfte an Lilis Tür. »Herein!« rief es hell, und er trat ein. Sie saß, mit einer Handarbeit beschäftigt, und sah allerliebst aus, in einem leichten, schwarzen Tüllkleidchen, ein weißes Tändelschürzchen darüber. Ganz erschrocken sprang sie auf, ein Knäuel fiel ihr aus der Hand und rollte zu Boden. In ihrer Verwirrung sah sie noch allerliebster aus. Clemens wurde selbst verwirrt und wußte nicht mehr, was er sagen wollte. Der Weltmann in ihm war doch noch nicht so fest, und er fing ganz einfach zu stottern an; begann schon, was er gerade vermeiden wollte, von »nur danken wollen« zu reden, faßte sich aber noch rechtzeitig und sagte schließlich: »Fräulein Lili, es sind Mißverständnisse zwischen uns gewesen, die ich weg haben will. Ich will nicht, daß Sie mit Schmerz an mich denken. Und zum Zeichen, daß Sie das nicht tun, nehmen Sie dieses kleine Ding von mir an!« Sie sah ihn erschrocken und erstaunt an, mit offenem Mund, um den es zuckte, zwischen Weinen und Lachen, als verstünde sie nicht und könne ihren Ohren nicht trauen. Und dann leuchtete sie auf und gleichzeitig füllten sich ihre Augen. Reden konnte sie nicht. »Nicht wahr? Sie sind mir nicht böse deshalb und nehmen es?« sagte er. »Das ist nicht möglich. Nein. Das ist nicht möglich, daß Sie so gut zu mir sind«, stammelte sie und beugte sich über seine Hand, die sie am liebsten geküßt hätte, und nahm das Kreuz und hielt es, ohne zu wissen, daß sie es in der Hand hielt, und sah auf ihn und auf das Kreuz, auf das Kreuz und auf ihn. »Soll ich das wirklich nehmen? Aber nein. Ich darf es ja von Ihnen nicht nehmen. Sie können es mir ja nicht vergessen. Sie müssen mir ja böse sein. Es ist ja gar nicht möglich, daß Sie das vergessen können. Wie sollte ich Ihnen je dafür danken?« »Indem Sie nie wieder ein Wort davon sprechen. Wir wollen es beide für ewig vergessen!« »Ich nicht. Ich vergesse Ihnen das nie, daß Sie so gut zu mir gewesen sind.«

Und war auf einmal gleich wieder Sonnenschein, sah ihn glückstrahlend an und sagte bittend: »Aber im Ernst, ich darf das wunderschöne Kreuz wirklich behalten? Und darf es gleich umnehmen? Nicht wahr, ich darf?« und stand bereits vor dem Spiegel, riß die Bluse auf, hing das Samtband um den Hals und schon hing das Elfenbein über der jungen Brust, während Clemens einen leisen Seitenblick des Neides mühsam unterdrückte. Immerhin knöpfte sie schnell die Bluse wieder zu.

»Ich habe Sie bei der Arbeit gestört?« fragte er. »Die hat Zeit. Jetzt muß ich mich zuerst revanchieren. Ich lade Sie zu einer Tasse Tee ein. Wollen Sie?« »Gerne,« sagte er, »hier oder bei mir?« »Wo Sie wollen. Nein. Heute bei mir! Heute sind Sie mein Gast. Und jetzt müssen Sie hübsch brav und ruhig hier sitzenbleiben und warten. Ich gehe jetzt in die Küche. In einer Minute bin ich wieder hier. Und nichts anrühren! Das schickt sich nicht. Nicht neugierig sein!« Und er hörte sie draußen hantieren.

Er sah sich um. Das Zimmer war nett, freundlich und mädchenhaft. In hellen Farben; Tapeten und Möbel hell; Vorhänge und Überzüge weiß. Ein paar nette Bilder, sogar einige Bücher. Unzählige Photographien und Ansichtskarten. »Ich *mußte* annehmen«, sagte er sich. »Wenn man jemandem eine Freundlichkeit erweist, muß man bis ans Ende gehen, nicht auf halbem Wege stehenbleiben. Mit Eveline hat das nichts zu tun.«

In einer Minute war sie wieder da, mächtig bepackt. Unter dem Arme Tischtuch und Servietten, in beiden Händen die große, dicht besetzte Silberplatte. In einer zweiten Minute war der Tisch gedeckt, standen Teekanne, Spirituskocher, Milchkännchen, Zuckerdose, Butternapf, Napfkuchen, die beiden Teetassen, zwei Gläser Wasser da. Sie dampfte nur so, und die zarten, kleinen, weißen Finger flogen, so flink und geschickt griffen sie zu. Dann lief sie hin und her, vom Tisch zum Schrank, vom Schrank zur Lade, guckte mit den hellen Äuglein, ob der Tee schon ziehe, stampfte ungeduldig mit den Füßchen, als er noch nicht stark genug war, probierte, strich Butterbrote, goß den Tee in die Tassen, stuppste Zucker hinein, hantierte mit Messer und Löffeln und spielte eine richtige kleine Hausfrau, während ihr Freude und Glück aus Augen und Wangen strahlten. Und erst, als sie ihn vollständig bedient hatte, saß sie endlich ruhig da und genoß die Situation, die ihr fast so gut schmeckte wie der Napfkuchen.

Clemens fragte: »Wissen Sie, daß ich eigentlich ein wenig erschrocken war, als ich bemerkte, daß Sie heute zu Hause seien? Ich fürchtete schon, Sie seien krank. Gott sei Dank! Krank sind Sie nicht. Und es ist sehr nett von Ihnen, daß Sie doch zu Hause sind. Wie haben Sie das gemacht, daß Sie vom Geschäft fortbleiben konnten?«

Sie errötete: »Ich fühlte mich in den letzten Tagen nicht wohl. Das heißt: nein, Ihnen will ich nichts vormachen. Ich konnte einfach nicht. Mir war alles so gleichgültig und zuwider. Ich mochte nichts arbeiten und konnte keinen Menschen sehen. Da bin ich eben die ganzen letzten Tage zu Hause geblieben. Aber jetzt ist ja alles wieder gut. Und Montag gehe ich wieder hin. Sie nehmen mich auch wieder! Ich lüge mich schon durch. Da habe ich keine Bange!«

Wie ihre Augen lachen konnten! Man konnte ihr nichts übelnehmen. Und weshalb auch? Sie war nun einmal so.

»Gehen Sie denn nicht gern ins Geschäft?«

»Gern? Nein. Da müßte ich lügen. Wer geht denn gern ins Geschäft? Ich muß eben.«

»Warum müssen Sie?«

»Ich bin darauf angewiesen. Vermögen habe ich keines. Wir leben von dem Gehalt meines Schwagers, und was ich sonst brauche, muß ich mir selbst verdienen. Ich zieh' mich gern gut an und, glauben Sie, mein Schwager würde mir auch nur einen Pfennig beisteuern? Nein, so ist er nicht. Gerade nur das Wohnen und das Essen dafür, daß ich in der Wirtschaft helfe. Und es ist ja auch ganz lustig mit den vielen jungen Mädeln, und die erzählen so viel, und man lernt das Leben kennen und lernt auch Leute kennen und amüsiert sich. Ich habe das so schrecklich gern, wenn man mir erzählt, und bin furchtbar neugierig. Und die Mädchen wissen was zu erzählen!«

»Auch Liebesgeschichten?«

»Auch Liebesgeschichten. Nur die. Aber was für welche! Ich glaube kaum, daß Sie zum Beispiel eine Ahnung haben, was alles in der Welt vorkommt. Aber zum Anhören ist das furchtbar interessant, und man lernt die Welt kennen. Und was die Hauptsache ist, die Arbeit vergeht dabei. Die ist auch gar nicht so schlimm, und beim Tratschen merkt man sie gar nicht. Eigentlich ist es ja verboten, aber man tut's doch. Wenn man sich um alles kümmern wollte, was verboten ist! Und schließlich ist's überall besser als zu Hause. Bei uns ist es ja so furchtbar langweilig und eintönig. Das heißt, jetzt nicht mehr, aber bis jetzt war es, nicht zum Aushalten, traurig. Kein Mensch, mit dem man reden konnte; niemand, der nett zu einem war.«

»Ihre Schwester? Lieben Sie denn Ihre Schwester nicht?«

»Meine Schwester?« Sie senkte die Stimme. »Meine Schwester mag mich nicht. Ich habe sie sehr gern. Aber sie mag mich nicht.«

»Warum?«

»Das hat so seine Gründe. Ich kann es Ihnen nicht sagen.«

»Und ist Ihr Schwager nicht nett zu Ihnen?«

»Mein Schwager?« Sie lachte häßlich. »Der, ja. Sehr nett. Zu nett. Aber das darf ich Ihnen nicht sagen.«

»Warum nicht? Mir dürfen Sie alles sagen.«

»Ihnen nicht. Nur Ihnen nicht. Weil Sie mir es nicht glauben werden, nach dem, was zwischen uns vorgefallen ist. Sie können es mir ja gar nicht glauben, und Sie werden mich für eine solche halten, die sich das von jedem einbildet. Aber ich schwöre Ihnen, bei meiner Seligkeit, so wahr Gott lebt, ich bilde mir das nicht ein, sondern es ist wahr und wahrhaftig so. Wo ich ging und stand, hat er mich verfolgt, und war Tag und Nacht hinter mir her und hat mir keine Ruhe gelassen, und ich habe mich seiner nicht erwehren können, bis ich ihm erklärt habe, daß ich, wenn er mich noch einmal anrührt, so lange schreien und Skandal machen werde, bis es das ganze Revier weiß. Dann hat er aufgehört. Aber natürlich hat es meine Schwester bemerkt und ist auf mich eifersüchtig, und das ist ihr auch nicht zu verdenken.«

»Liebt er Sie denn so?«

»Lieben? Na ja. Auf seine Weise. Was seinesgleichen unter Liebe versteht. Aber mir ist er so verhaßt und so widerlich, daß mich die Haut schauert, wenn er mich berührt, und ich tausendmal lieber ins Wasser ginge, als nur daran denken. Seitdem haßt er mich und benützt jeden Anlaß, an mir herumzukritteln, und nichts, was ich mache, ist ihm recht. Jetzt verstehen Sie, daß ich zwischen diesen beiden Menschen hier im Hause die Hölle habe.«

Sie verstummte, und auch er schwieg still und betreten. Also war es immer wieder wahr, daß des Lebens Wirklichkeit, wo man sie erlebte, Hölle und Passion war und es Himmel und Menschentum nur in der Sphäre unwirklicher Einsamkeit gab. Die Kleine hier war kein Wunsch und kein Traum: die verliebte Kleine, die da neben ihm saß in der Greifbarkeit ihres jungen Leibes und log und litt, die lebte und war wirklich.

Sie aber sprang auf und sagte: »Ach was! Zu dumm! Wozu habe ich Ihnen das alles erzählt? Das ist ja jetzt alles weg und gar nicht mehr wahr. Jetzt habe ich ja mein Kreuz, mein liebes, kleines Kreuz, und das wird mich schützen. Nicht wahr? Sagen Sie: ja, daß mich Ihr Kreuz gegen alles schützen wird. Dann glaube ich es!«

Und gab nicht früher Ruhe, bis er ihr schwor, daß er auch daran glaube, und lief dann zum Spiegel, um das Kreuz noch einmal zu besehen, blieb aber auf dem Wege stehen und sagte: »O weh! Das habe ich ganz vergessen! Der dumme Knäuel!«

»Was haben Sie vergessen?«

»Ich habe eine Arbeit, die muß unbedingt bis zum Sonntag fertig sein. Und morgen ist Sonntag. Da hilft nichts. Fertig muß sie werden, und wenn ich die ganze Nacht dabei sitzen soll. Da muß ich gleich abräumen und mich dran machen.«

»Ich muß also gehen? Schade.«

»Schade dürfen Sie nicht sagen. Das kann ich nicht hören, daß Sie schade sagen. Da lass' ich die Arbeit lieber. Oder, wissen Sie was?

Sie bleiben da und helfen mir. Ja, das machen wir. Ja? Ist es Ihnen recht?«

»Mir ist alles recht, was Ihnen recht ist.«

»Das war einmal ein hübscher Satz. Also fix. Jetzt räume ich ab. Und dann machen wir uns dran.«

Wieder flogen ihre Fingerchen, und in zwei Minuten war der Tisch abgedeckt, die ganze Herrlichkeit ordentlich und sauber weggeräumt und in den Läden und Kisten verpackt. Er sah ihr mit Vergnügen zu, wie ihre junge Grazie, mehr tanzend als schreitend, durchs Zimmer schwirrte.

»Das habe ich eigentlich gar nicht gewußt, daß solch ein Hausmütterchen in Ihnen steckt. Ich habe Sie auf ganz andere Talente geschätzt.«

»Sie waren überhaupt ungerecht gegen mich. Man weiß eben nie, was in einem Menschen drinsteckt, solange man ihn nicht liebt.«

»Und jetzt, meinen Sie, weiß ich es?«

»Sie fangen langsam an, zu begreifen. Aber jetzt los! Zuerst einmal muß dieser dumme Knäuel aufgewickelt werden, der durch Ihre Schuld aufgegangen ist. Sehen Sie, er ist ganz verwirrt. Sie verwirren eben alles. Das habe ich schon bemerkt. Mädchen und Wolle. Also aufgepaßt. Jetzt kommt die Strafe. Sie setzen sich auf diesen Stuhl, mir gegenüber, so – nein, ein bißchen weiter zurück, ganz ruhig und kerzengrad, und halten die Arme an den Leib und die beiden Hände ausgestreckt und die Daumen nach oben gerade vor sich. Und rühren sich nicht! Hören Sie! Rühren sich nicht! Sonst habe ich die ganze Arbeit doppelt.«

»Wozu gehört denn das?«

»Das wird eine Golfjacke. Ich stricke mir eine schöne weiße Golfjacke. Ein anständiges Mädchen muß doch eine weiße Golfjacke haben. Und morgen ist Sonntag, und da ziehe ich sie an und gehe mit meinem Liebsten aus.«

»Sie werden morgen nicht mit Ihrem Liebsten ausgehen, sondern mit mir.«

»Nein, wirklich? Sie wollen mit mir ausgehen? Sie machen doch nur Scherz.«

»Ich mache keinen Scherz, sondern hole Sie pünktlich um acht Uhr morgens ab.«

»Und ich darf meine Golfjacke anziehen und mein liebes Kreuz umnehmen, aber draußen, daß man es sieht?«

»Ja, das dürfen Sie. Wollen Sie?«

»Ob ich will!«

Sie sah ihn mit so dankwarmen Augen an, daß er sich selbst bis ins Innerste erwarmen fühlte.

»Fräulein Lili! Hausmütterchen!«

»Was denn? Stillhalten, bitte, sonst verhutzelt sich die Wolle.«

»Ich muß Ihnen etwas gestehen: das kleine Kreuz – –«

»Das soll ich wohl wieder hergeben? Ich denke gar nicht dran. Das behalt' ich.«

»– war eigentlich gar nicht als Bitte um Entschuldigung gedacht, sondern als Dank.«

»Dank? Wofür?«

»Dafür, daß Sie mir meine Sachen so lieb in Ordnung halten.«

»So?«

»Und für den Obstteller jeden Abend.«

»So?«

»Und für die Blumen jeden Morgen.«

»Wer sagt Ihnen, daß das ich war? Das war gar nicht ich. Das war meine Schwester«, log sie lustig und blinzelte ihn an.

»Ihre Schwester? Schade. Dann muß ich also Ihrer Schwester das Kreuz geben.«

»Nein, nein«, schrie sie auf. »Dann bin es doch ich. Mein Kreuz gebe ich nicht her. Meine Schwester hat an ihrem eigenen Kreuz genug. Dann will ich es doch lieber gestehen, daß ich es gewesen bin.«

»Stillgehalten«, sagte *er* jetzt streng. »Sie verhutzeln die Wolle.«

»Nein, wie geschickt Sie sind! Wenn man Ihnen so zuschaut, möchte kein Mensch glauben, daß Sie Philosophie studiert haben. Also, dazu studiert man Philosophie, um einem kleinen Mädchen Wolle wickeln zu helfen?«

»Woher wissen Sie, daß ich Philosophie studiert habe?«

»Woher ich es weiß? Aus Ihrer Brieftasche weiß ich es. Aus einer gewissen Brieftasche!«

»Nicht reden davon!« winkte er drohend, soweit ihm dies mit den umwickelten Händen möglich war.

»Was? Sie drohen mir? Na, warten Sie!« rief sie, sprang auf und schlang blitzschnell den Strähn, der ohne Ende schien, um seine Arme, band sie an den Stuhl, band die Beine an den Stuhl, band und schlang, bis nichts mehr von dem Knäuel übrig war. Dann blieb sie vor ihm stehen, dicht an sein Gesicht geneigt, und sagte: »Jetzt habe ich Sie eingewickelt. Jetzt halte ich Sie, und Sie können sich nicht rühren. Ich könnte mich jetzt auf Ihren Schoß setzen, Ihren Kopf in meine Hände nehmen und Sie nach Herzenslust abküssen. Und Sie würden nichts machen können, gar nichts. Heute können Sie mich nicht zurückstoßen, und Ihre Brieftasche preisgeben und davonlaufen. Alles müßten Sie sich gefallen lassen, und ich könnte mit Ihnen machen, was ich will, so hilflos sind Sie. Sag', was würdest du machen, wenn ich das täte, du lieber, dummer Bub, du?«

Er sah sie lange an und sagte dann leise: »Ich glaube, Lili, heute würde ich ganz stillhalten und alles mit mir geschehen lassen, was du willst. Und wenn ich sähe, daß es dir Freude macht, dann würde ich dich wiederküssen, Lili.«

»Ist das wahr?« sagte sie, ganz ernst geworden, neigte sich über ihn und küßte ihn zart auf die Stirne. Dann trat sie zurück und sagte: »Nein, Clemens, ich mache nichts und gebe dich frei. Was du auch tust; ich werde nie vergessen, wie gut du zu mir warst«, und begann, ihn langsam loszubinden. Als sie fertig war, stand er auf, zog sie an sich und küßte sie lange und inbrünstig. Dann löste sie sich, tränenüberströmt, aus seinen Armen und sagte: »Du mußt jetzt gehen, Clemens, bitte. Und ich danke dir, daß du gekommen bist.«

»Gute Nacht, Lili. Auf morgen!«
»Gute Nacht!«

13.

Durch schnelle Zeichen verständigt, gingen sie, natürlich nicht miteinander, vom Hause fort. Er erwartete sie an der nächsten Straßenecke, wo sie pünktlich um acht Uhr erschien, sehr sonntäglich und frisch, in ihrer neuen weißen Golfjacke, über der am treuen Samtbande das elfenbeinerne Kreuz baumelte. Die Hände hatte sie flott in die Seitentaschen gestemmt und hatte sichtlich Lust, unternehmend auszusehen. Er hatte bereits ein paar frische, dunkelrote Rosen besorgt, die flink an ihren Gürtel hinüber wanderten.

Die Morgenluft ging würzig und rein. Die Lerchen trillerten, der glänzende Tau hing wie Tränen des Glücks über den frischgebadeten Gräsern, die Erde duftete nach Schlaf und Sonntag, der Wind trug den Klang der Kirchenglocken von fernen Hügeln herüber, Kuhherden bimmelten vorbei, Felder lagen im Sonnenglanz, Waldfrieden lockte. Ganz genau so war es zwar nicht, aber sie hatten es so im Gemüte und eine unbändige Lust auf derartiges. Fest hing sie sich in seinen Arm, vergnügt mit den Beinen ausschlendernd, und sie waren entschlossen, es um keinen Preis zu bemerken, wenn die staubigen Mauern in den Straßen bereits zu schwitzen begannen, hemdsärmlige Kleinbürger zur Sonntagsmorgenfeier in den Fenstern lehnten und dreckige Witze hinter ihnen hersandten, morgendlich saloppe Frauen und Mädchen in den Haustüren Lili vom Kopf bis zu den Zehen mit spitzigen Blicken und tuschelnder Bosheit bespickten, lärmende Vorstadtrangen hinter der ungewohnten weißen Golfjacke herspotteten und aus den zahllosen Destillen der Gegend erster Frühschoppenlärm des hier üblichen Sonntagsgottesdienstes herauszujohlen begann. Sie überhörten geflissentlich, beschleunigten nur ein wenig den Schritt, bis sie aus dem ärgsten Fegefeuer der Nachbarschaft heraus waren, und er begann:

»Du, was fangen wir eigentlich an? So lange bin ich noch nicht hier, daß ich Bescheid wüßte, und ich möchte, daß es heute sehr schön wird.«

»Aber ich weiß Bescheid. Und nicht wahr, heute überläßt du dich ganz mir. Ich führe. Du bist der Fremde, ganz einfach, ein frisch aus der Provinz zugereister Herr, und ich mache den Führer. Du wirst staunen, wie gut ich das kann. Paß nur auf, wie schön das wird!«

»Also, was hast du vor?«

»Ja, so genau weiß ich das noch nicht. Zuerst, denke ich, bummeln wir in der allerfeinsten Gegend. Ich will, daß uns alle Leute miteinander sehen. Und dann essen wir Mittag in der Stadt, ganz fein, in einem Weinrestaurant, mit Austern – –«

»Du, Austern gibt es in dieser Jahreszeit nicht mehr.«

»So? Macht nichts. Dann was anderes. Und Nachmittag fahren wir in den Wald hinaus. Wald muß sein. Und den Kaffee nehmen wir draußen. Das ist das Allerschönste. Darauf freue ich mich am meisten. Ich weiß ein wunderschönes Waldrestaurant, mitten im Grünen, ganz einsam. Da gehen alle hin. Und nach dem Kaffee ist es Abend, und wir gehen im Wald spazieren, bis es dunkel wird.«

»Und dann?«

»Dann?? Was dann? Dann ist nichts. Dann fahren wir nach Hause. Sehr artig und jeder zu sich und träumen voneinander.« Sie sah ihn spitzbübisch an und drückte sich enger in seinen Arm.

Sie waren in die inneren Stadtteile gekommen. Er erkannte sie, aus der Erinnerung an jene erste Nacht, und begann zu fragen, nach alten Straßen, nach Häusern, nach der Bestimmung der Paläste. Sie tat sehr wichtig, nahm einen Anlauf, ihm alles zu erklären, wußte aber nicht viel. Eigentlich weniger, als er in jenen ersten Straßenwanderungen erraten hatte. Und auf einmal hatten sie sich verlaufen, und sie wußte nicht weiter. Er lachte die blamierte Führerin aus.

»Ja, weißt du, da kommen doch nur die Provinzler hin,« verteidigte sie sich, »unsereiner doch nie. Und wenn, so merkt man sich's nicht. Wer kann sich alle die dummen Straßen und Namen merken! Wozu auch? Man kann ja fragen!«

»Um Gottes willen! Fragen? Wir werden doch nicht mit fremden Menschen sprechen? Wir brauchen doch keine Vertrauten.«

Und jetzt übernahm er die Führung, und in ein paar Minuten standen sie vor jenem Bahnhof im Mittelpunkte der Stadt, an dem er damals angekommen war.

Was hatte er seitdem alles erlebt! Wie ein ferner Traum tauchte jener Augenblick aus der Vergangenheit wieder vor ihm auf. War er überhaupt jemals gewesen? Hatte es eine Eveline wirklich gegeben? Oder war die da, die neben ihm ging und die ihm vertraut war, als hätte er sie von je gekannt, nicht Eveline? Die eigentliche Eveline? Und jene andere ein Traum?

Er sah sie an. Heute schien sie ihm ganz so auszusehen, wie er Eveline in der Erinnerung trug. War nicht dieselbe schwebende Jugend in der schlanken Figur, die an seinem Arme hing?

Sie bemerkte den Blick und deutete ihn als Triumph über seine Führung. »Nun, ja, du bist eben gescheiter«, gab sie zu, ein wenig spöttisch. »Ihr Männer seid immer gescheiter. Wozu hättest du auch Philosophie studiert?«

»Das mußt du nicht immer sagen«, belehrte er sie. »Ein Student der Philosophie hat meistens gar nichts mit Philosophie zu tun. Philosophie, das ist so ein Name für alles mögliche. So ungefähr Mädchen für alles, womit man auch alles bezeichnen kann, von der Stütze der Hausfrau bis zum letzten Küchenmädel. Bei mir zum Beispiel bedeutet Philosophie, daß ich Sprachen studiert habe.«

»Was für Sprachen?«

»Verschiedene. Hauptsächlich Französisch.«

»Französisch? Famos. Das kann ich auch. Das haben wir auf der Schule gehabt. Ich weiß noch ganz genau: ›le canif‹ – das Federmesser.«

Und wollte sich halbtot lachen darüber, daß das Federmesser französisch »le canif« heißt.

Vor jedem Geschäft blieb sie stehen. »Nein, sieh doch nur! Wie elegant!« und fand das Sommerkleid »einfach goldig«, nannte den Sommerhut »ein Gedicht«, und den nächsten »auch ein Gedicht, aber noch duftiger«, lobte einen Crêpe de Chine-Mantel mit Chinchilla, weil er »Klasse« habe, war bereit, mit dem Reisenecessaire und »mit dir natürlich« bis ans Ende der Welt zu fahren, ließ sich von ihm schwören, daß er sie, wenn er den Haupttreffer machte, »nur so« einrichten werde (»ganz modern, versteht sich«) sah ein Porzellanservice, das »aber schon tadellos« sei, wollte Spitzenwäsche: »einmal tragen und sterben!« während ihr ein Perlenhalsband nur ein lakonisches: »Du, für das ...!« entlockte, dem sie aber schnell und taktvoll hinzufügte: »Aber mein kleines Kreuz ist mir doch noch lieber«, um mit der allgemein sozialkritischen Bemerkung philosophisch zu schließen: »Man müßte eben wahnsinnig viel Geld haben!«

Und sah ihn, wie zum Refrain, nach jedem Ausbruch immer wieder verliebt an. Er schien aber weniger entzückt zu sein. Merkwürdig, wie sich ihm diese Welt verwandelt hatte. War das die Eleganz, die ihm damals, im blitzschnellen Vorüber jener ersten Nacht, wie der Ausdruck gesteigerter Lebensfülle, die Quintessenz sublimiertesten Kulturanspruches gepackt und sein Gefühl im Taumel auf den Höhepunkt kultivierten Gegenwartlebens geführt hatte? Diese sinn- und wahllose Anhäufung von Waren, dieses Nebeneinander von nicht zusammengehörigen Gegenständen, für jeden Geschmack, für jeden Anspruch, für jede Gesellschaftsklasse? Das, was das Wesen der Eleganz ausmacht, vornehme Beschränkung auf das Erlesene, die ruhige Sicherheit, mit der Häßliches, Minderwertiges, Gemeines aus dem Gesichtsfeld ausgeschieden bleibt, fehlte. Gewiß fand sich auch einzelnes, das besser, das sogar gut und sehr gut war, aber das Gute wurde sofort durch die Nachbarschaft des Gewöhnlichen aufgehoben, es verlor sich im großen Haufen des Alltagströdels zur Befriedigung niedriger Bedürfnisse. Sie sah ihm die Enttäuschung an: »Was hast du, Bubi?« fragte sie. »Bist du traurig, daß du kein Geld hast? Ich habe dich auch ohne Geld lieb.«

»Nein,« erwiderte er, »aufs Geld kommt es gar nicht an. Nur müßten die Menschen besser sein. Dann wären auch die Sachen schöner, feiner, edler«, und erklärte ihr, wie ihm das Schönste durch eine schlechte Umgebung entwertet würde, und daß das Einfachste schön werden könne, wenn es ganz an seinem Platze stünde. Das leuchtete ihr gar nicht ein. »Ach was!« sagte sie. »Ein schöner Hut ist immer schön, vorausgesetzt, daß die Fasson modern ist und da kann daneben ein Kochtopf mit einem Gemüsegarten hängen. Mit dem zum Beispiel« (sie wies auf ein phantastisch-pompöses Hutgebilde) »wäre ich schon zufrieden. Billig ist er natürlich nicht. Der Preis ist eben doch das Entscheidende.«

Trotzdem hörte sie von jetzt ab auf, alles zu loben, sondern achtete auf seinen Gesichtsausdruck, und wenn sie darin ein Mißfallen zu entdecken glaubte, kam sie ihm zuvor und fing an, die Gegenstände komisch zu finden, und malte nun zu jedem Kleid und zu jedem Hut das Dienstmädchen, die Gouvernante, die alte Jungfer und die Fleischersgattin, die dazu paßte, mit so drastischen Gebärden, daß ihnen die Auslagen der Geschäftsläden aus Anlässen kritischer Meinungsverschiedenheit zu Guckkastenbühnen der menschlichen, besonders der weiblichen Narreteien und Schwächen wurden. Er fand diese Übung lustig, zumal sie sich außerordentlich geschickt dabei anstellte und der Übermut sie herzig kleidete, und er mußte des öfteren hell auflachen, wenn ihr Kindergesichtchen sich drollig verzerrte und verzog. Sein Beifall wieder machte sie sehr vergnügt, und als er ihr vollends zärtlich »Affe!« sagte, entfesselte diese Anerkennung ihrer Gaben den neuerwachten Ehrgeiz derart, daß sie sich gar nicht genug tun konnte und den Kreis ihrer Tätigkeit auf alle ausdehnte, die ihr irgendwie geeignet erschienen, ja bald auf alle Vorübergehenden überhaupt. Denn sie entdeckte plötzlich zu ihrer Verwunderung, daß, wenn man näher hinsah, heute eigentlich jeder etwas merkwürdig Verzerrtes, Karikaturistisches in seinem Wesen trug, und es machte ihr diebischen Spaß, dieses mit einem schnellen Blick aufzufangen, mit einem Augenzwinkern dem verständnisvollen Partner ihres Spieles die Wahl des Objekts anzudeuten und sich dann durch eine kaum merkliche Veränderung des Gesichtes, durch Drehung und Haltung des Kopfes und des Körpers, durch Blick und Gang, durch ein Schlenkern der Arme und der Beine in das ahnungslos vorüberstelzende Opfer zu verwandeln. Ganz ungeniert und keck guckte sie die Leute von oben bis unten darauf an, welche Lächerlichkeit sich ihnen abgewinnen ließe, und mit einem Male hatte sie es heraus, daß fast in jedem die Ähnlichkeit mit irgendeinem Tiere stecke, und nun konnte sie gar nicht mehr anders, wie unter einem Zwange mußte sie in jedem sein Tier entdecken und es für Clemens darstellen. Zunächst hatte sie es auf die Frauen abgesehen und trippelte bald wie ein Hühnchen, trampelte bald breitbeinig, wie eine Kuh, hüpfte geziert wie ein Bachstelzchen, watschelte wie eine Gans, stolzierte wie ein Pfau. Dann kamen die Herren an die Reihe, unter denen sie die Nonchalanten in Affen, die geckisch Aufgeblasenen in Hähne, die Blasierten in Schafe, die Biderben in Elefanten und alle, die sie lüstern anguckten, in Schweine verwandelte. Um schließlich herauszukriegen, daß den vorwiegenden Männertypus doch das Schwein darstellte, für das sie, mit gierig vorgestreckten Augen, schnüffelndem Näschen und einem zart angedeuteten Grunzen einen entzückenden und hundertfach variierten Ausdruck fand.

So kam ihr denn diese Gegend der Stadt, in der flanierende Nichtstuer galante Sitten des Südens, Korso und Straßenflirt, nachzuahmen pflegten und die ihr immer als die feinste der Welt gegolten hatte, an diesem Tage wie eine große Menagerie vor. Sie hatte gar nicht geahnt, wie lächerlich im Grunde alle diese Menschen waren, die zu nichts gut waren, als ihnen eine unerschöpfliche Fundgrube des Amüsements zu bieten. Sie wurde nicht müde, die melancholische Lüsternheit der männlichen, die komisch forcierte und ostentative Lasterhaftigkeit der weiblichen Tierchen zu verspotten. Und verriet, außer ihrer Drolerie, eine nicht geringere Bosheit und Schärfe der Beobachtung, wenn sie ihr Hütchen mit einem kühnen Ruck ganz aufs rechte Ohr schob, den Kopf tief senkte, mit den Armen weit ausholend eine imaginäre Tasche schlenkerte, den Oberkörper einfallen ließ und mit weiten, knieweichen Schritten innerhalb des Rocks ging, um »Linie« zu markieren; und dazu, ganz aus den Augenwinkeln heraus, müde Blicke warf, die zwischen unsäglich frech und unsäglich blöde wechselten.

Zwischendurch aber, immer wieder, unterbrach sie Spielen und Lachen, indem sie sich ganz fest an seinen Arm hing, sich an ihn drückte und ihm, leuchtend vor Glück und Zärtlichkeit, in die Augen sah.

Er sagte: »Und wenn dich deine Bekannten sehen?«

»Um so lieber.«

»Die müssen es dir doch ansehen.«

»Sollen sie!«

»Mich stört, wenn ich glücklich bin, jedes fremde Auge. Die Vorstellung, daß sich Fremde Gedanken über mein Glück machen, – und die Gedanken, die sich die Menschen machen, sind immer gemein, – beschmutzt mir mein Glück. Am liebsten möchte ich es ganz heimlich und einsam für mich haben und keine Seele soll darum wissen.«

»Und ich möchte es am liebsten in alle Welt hinausschreien. Alle Welt soll wissen, daß ich dich liebhabe.« Und rief ganz laut, daß sich die Leute umdrehten: »Ich habe den Clemens lieb, den Clemens habe ich lieb!«

Merkwürdig, dachte er sich, wie indiskret eigentlich die Frauen sind und daß sie immer alles affichieren möchten.

»Und jetzt«, dekretierte sie, »habe ich Hunger und wir fahren ins Restaurant. Straßenbahn natürlich, wir müssen sparen und speisen dafür um so besser. Gearbeitet haben wir für heute genug.«

Das Mittagessen verlief in der nur von den oberen Zehntausend, aber von diesen, wie es schien, ziemlich vollzählig besuchten Abfütterungskaserne harmonisch und angenehm. Sie war ganz Dame, unterdrückte die Neigung, sich mit dem Kellner in eine längere Konversation über die finanziellen Details der Speisekarte einzulassen und beschränkte auch die Augenunterhaltung mit den Herren an den Nebentischen auf das noch zulässige Geringste. Mit Vergnügen beobachtete Clemens, welche sichtliche Lust ihr das Essen bereitete, und wenn sie fast die ganze Speisekarte abarbeitete, war es mehr aus Neugierde als aus Appetit. Und es war reizend zuzusehen, wie hübsch und sauber sie aß, mit anmutigen Manieren die flinken Händchen bewegend und die kleinen Finger in zierlicher Beuge auswärts gestreckt. Dabei lief das Mündchen unausgesetzt weiter und sie machte richtige Konversation, auf das munterste bald von den kleinen Ereignissen ihres Tages, bald von Theater und Konzerten, bald von den Sitten und den Erlebnissen ihrer Freundinnen im Geschäft plaudernd. Von eigenen Erlebnissen erzählte sie nichts.

Nach dem Essen saßen sie, ein klein wenig müde und schweigsam geworden, in der Stadtbahn, ruhten, fuhren bis zur letzten Haltestelle, stiegen aus und gingen, an Villenkolonien vorüber, in den Kiefernwald hinein.

Heiß und schwer brannte die Sonne der ersten Nachmittagsstunden herunter, lagerte eine dicke Schwüle, atemhemmend und wie greifbar, auf dem Boden, stand förmlich in der staubigen Luft, troff von den grauen Bäumen, siedete in Adern und Nerven. Clemens fühlte, wie eine unsägliche Müdigkeit ihn überraschte, Macht gewann, Herr über ihn wurde. Er suchte nach Schattenkühle, nach einer Ruhebank, fand aber keine. Unerbittlich schnitten Zäune, Gitter, Mauerwände rechts und links den Weg vom Walde, die breite staubige Straße als dürftiges Almosen an die Allgemeinheit deutlich geschieden vom ungestört privaten Waldgenuß der Besitzenden. Die Allgemeinheit aber rächte sich, indem sie sich zeigte; indem sie die Einsamkeit des Waldes bis in die letzten Schlupfwinkel mit ihrer lauten Gegenwart erfüllte, singend, johlend, mit derben Scherzen und auffälligem Gehaben die Stille des Waldes überschreiend und überall, mit Bergen von Papierfetzen, die schäbigen Reste ihres armseligen Genusses aussäend. Keine Einsamkeit zeigte sich, in die man dieser Dürftigkeit entrinnen konnte: immer wieder zogen Paare, Familien, Gruppen, Trupps, Scharen vergnügt Lärmender, lärmend Vergnügter ihnen entgegen, an ihnen vorüber. Ganz arm kam er sich plötzlich vor und von zwei Seiten ausgestoßen, zu keiner der beiden Welten gehörig, zu niemandem gehörig. Und das Mädel, das da neben ihm ging, war ahnungslos. Natürlich, sie gehörte zu dieser Allgemeinheit, war eins mit ihr, fühlte sich eins mit ihr und war daher sicher, ahnungslos und zufrieden. Er fühlte, wie etwas in ihm aufstieg, und wußte nicht, ob es Ärger war oder diese schwüle Lust, sie zu packen, sie zu küssen, sie zu nehmen, irgend etwas zu tun. Wenn sie nur wenigstens allein gewesen wären; dann wäre alles gleich wieder gut geworden!

In diesem Augenblick wandte sie sich zu ihm und fragte, als ob sie die ganze Zeit nichts anderes beschäftigt hätte: »Du, Bubi, rat' mal, wer ist das?« Richtete sich auf, strich in der Luft einen imaginären Schnurrbart nach oben, kniff die Augen ganz klein und blödsinnig zusammen und schnarrte mit einer unwahrscheinlich hohen Fistelstimme, mit der man Bettfedern hätte schneiden können: »Nun aber lassen Sie mir gefälligst das Mädchen zufrieden! Hören Sie? Und überhaupt: die Natur müßte man dem Pack verbieten, wenn's nach mir ginge!«

Quadderbacke war unverkennbar. Clemens hatte aber keine Lust mehr und dachte: Zu dumm! Einmal ist das ganz hübsch; aber kann sie denn gar nicht aufhören mit diesen Kindereien! und schwieg.

»Na, weißt du!« sagte sie, »das errätst du nicht? Mein geliebter Schwager natürlich. Aber jetzt das! Das mußt du erraten!« Und verfiel auf einmal mit dem ganzen Körper, die Beine schleppten sich kaum, das Gesicht wurde mager, die Augen matt und glanzlos und sandten unter schwerfällig sich hebenden Augendeckeln einen stumpfen, lauernden Blick, und zwei lange knochige Hände zitterten tastend in der Luft herum. »Also wer war das?« insistierte sie beharrlich.

Natürlich hatte er sofort erraten, sagte aber nur kurz: »Ich weiß nicht.«

»Meine Schwester natürlich. Ganz genau.«

»Die könntest du aber wirklich verschonen.«

»Schön. Ich wußte ja nicht, daß du so sentimental bist. Und jetzt nur noch eins! Bitte, bitte, laß mich! Nur das eine noch! Dann höre ich auf.« Und wurde auf einmal ganz kurz und untersetzt, stand beitspurig auf zwei kurzen, stämmigen, weit auseinandergekrätschten Beinen, schob mürrisch ein breites, wulstiges Maul vor, rückte an einer Brille und brummte mit einer tiefen und tonlosen Stimme: »Na warte, bis du erst mal meine Frau bist! Dann sollst du sehen, was ein Mann ist und was Liebe heißt!« wartete einen Moment und sagte dann: »Wer war das? Du kennst ihn zwar nicht, aber das mußt du erraten!« Und als er wieder schwieg: »Aber Dummerl, mein verflossener Bräutigam. Wie du siehst, war er viel netter als du!«

»So höre schon endlich mit diesen Taktlosigkeiten und Dummheiten auf!« fuhr es ihm jetzt jäh heraus. »Kannst du denn gar nicht aufhören?«

Sie sah ihn ganz betroffen an, verstand nicht, zuckte die Achseln und ging voraus.

Eine Weile gingen sie so schweigsam hintereinander. Er spürte, wie die Gereiztheit in ihm immer höher stieg. Mit einem feindseligen Blick streifte er die Vorausgehende. Was ging ihn dieses fremde Mädel an? Was hatte das mit ihm und mit dem Frauenbilde in seinem Innern zu schaffen? Und er stellte sich vor, daß er jetzt statt mit dieser mit Eveline hier in diesem Walde ginge. Wäre bei der eine solche Stimmung jemals möglich, ja nur denkbar gewesen? Nie. Unmöglich. Undenkbar. Ausgeschlossen. Eine weiche, zärtliche Erinnerung überkam ihn, stimmte ihn milder. Auch gegen diese, gegen Lili.

Er rief sie. Sie drehte sich um und sagte schmollend:

»Du, das war nicht hübsch von dir. Ich bin das nicht gewöhnt.«

Daß sie *das* sagen mußte, gerade jetzt! Er war schon auf dem besten Wege gewesen.

»Was hast du denn schon wieder? Launen, weißt du, dürfen wir haben, aber nicht die Herren. Ich lasse mir von den Herren keine Launen gefallen.«

»Die Herren!« Dieses eine Wort: »die Herren!« konnte ihn rasend machen. Es war, um aus der Haut zu fahren. Soziale Welten klafften in diesem Wort auseinander, tausend Jahre Hörigkeit der Frau, Prostitution, unausrottbares Proletariat, ewige Minderwertigkeit lagen darin.

Sie verrannte sich immer mehr. »Im Gegenteil. Ich bin es gewohnt, daß die Herren sich nach meinen Launen richten. Wenn ich will, müssen sie mir gehorchen. Wie kleine dressierte Schweinchen müßt ihr mir gehorchen. Du auch! Du bist auch nicht anders als die andern.«

»So schweig doch endlich einmal!« und im selben Augenblick tat es ihm auch schon leid.

Im Innersten beleidigt, wandte sie sich ab. Eine Röte stieg in ihrem Gesicht auf, um Augen und Mund zuckte es verdächtig, aber sie erwiderte kein Wort und ging raschen Schrittes weiter.

Und wieder gingen sie eine Weile schweigend hintereinander. Er folgte mit seinen Blicken jeder ihrer Bewegungen, und eine unendliche Rührung stieg in ihm auf. Er stellte sich das Gesichtchen vor, dieses zarte, bewegliche, in dem sich jeder Ausdruck sofort spiegelte, und stellte sich den Schmerz darin vor und fühlte ihn mit, wie wenn er selbst geschlagen worden wäre. Er dachte an Eveline, und es war ihm, als wenn er, indem er Lili gekränkt hatte, auch Eveline ohne seinen Willen etwas zugefügt hätte, das er nunmehr um jeden Preis an beiden gutmachen müsse.

Der Wald war einsamer geworden, die städtischen Ausflügler hatten sich allmählich, je weiter man ins Innere des Waldes geriet, doch ein wenig verloren, nun kamen sie an eine Lichtung und das Ziel schien in der Nähe.

Clemens rief leise: »Lili«, sie drehte sich sofort um, blieb stehen und sah ihn mit einem unsäglich zärtlichen Ausdruck an. »Nicht wahr, Clemens, so etwas kommt nie wieder zwischen uns vor? Versprich es mir. Es war nicht. Nicht wahr, ich darf mir einbilden, daß das nicht war?«

»Ja, Lili,« sagte er und zog sie an sich, küßte und streichelte sie, »verzeih mir! Ich war sehr häßlich zu dir gewesen. Ich weiß selbst nicht, wie das gekommen ist, aber ich konnte nicht anders.«

»Du dummer Bub,« erwiderte sie, »was du auch immer machst, ich kann dir nicht böse sein.«

Und dann setzte sie fröhlich hinzu: »Und jetzt freue ich mich auf den Kaffee. Ich habe ja schon so Hunger!«

»Du, ich auch!«

»Und das war natürlich auch der Grund. Das und die dummen Leute. Die sind in allem schuld. Wenn wir allein gewesen wären, wäre nichts passiert.«

»Oder etwas anderes«, meinte Clemens. »Besseres.«

»Wirst du still sein!« drohte sie. »Ich sage es ja. Die Männer. Einer ist wie der andere. Auch der beste. Und jetzt: Kuß. So. Und hinein! Herrgott, wie viele Leute es doch auf der Welt gibt!«

»Und daß sie zufällig alle gerade da sind, wo wir unsern Kaffee nehmen wollen!« bemerkte Clemens, entdeckte einen Tisch, an dem ein anderes Liebespaar soeben zu zahlen begann, und besetzte ihn.

Der Kaffee war, wie Lili vorausgesagt hatte, wie immer das Schönste. Aus dem bunten Tischtuch, den Blumen auf dem Tisch, dem warmen Dufte des Napfkuchens strömte Idyll und Friedlichkeit, und das zärtlich erhöhte Glück ihrer jungen Versöhnung füllte die beiden mit Freude und guten, liebevollen Gedanken. Eng rückten sie aneinander, streiften sich zärtlich mit den Fingern, tauchten Auge in Auge, und die Gegend ringsum, die Leute ringsum störten sie auf einmal nicht mehr, sondern waren ihnen Hintergrund, Folie, Kulissen, Komparserie, Publikum ihres ungeniert sich darstellenden, ungehemmt dahinströmenden Liebesglücks. Die Welt hörte auf, ein Draußen, ein Feindliches zu sein, sondern verschwamm, verfloß, vereinigte sich, ward eins mit ihnen und ihrem Glücke, ein Ozean, in dem sie selig versanken.

Er dachte: Der Augenblick ist schön. Wie schön, daß ein Augenblick reich wie ein ganzes Leben sein kann!

Sie dachte: Der Augenblick ist schön. Wie traurig, daß vorher und nachher ein Leben so arm werden kann!

Er wünschte, diesen Augenblick ausdehnen zu können über sein ganzes Leben.

Sie wünschte, ihr ganzes Leben in diesen einen Augenblick zu pressen und ihn festhalten zu können.

Er fühlte: In diesem Mädel liebe ich mein Leben.

Sie fühlte: Was kümmert mich mein Leben, wenn ich diesen Mann liebe!

Er jauchzte: Wie reich bin ich, daß ich diese habe und mich verschwenden, hingeben, hinströmen kann!

Sie jauchzte: Wie arm bin ich, wenn ich den nicht habe, den ich mit beiden Händen umarmen, umklammern, festhalten muß!

Und er spürte in diesem Augenblick Eveline stärker in ihr als je vorher, während sie sich rein, unschuldig und jungfräulich empfand, als ob es nie vorher einen Mann in ihrem Leben gegeben hätte.

Aber Worte fanden sie für all das nicht, und er sagte nur innig, wie wenn er alle Schuld, gewesene und künftige, und alle Schatten mit dem allereinfachsten Ausdrucke des Bekenntnisses bannen wollte: »Nicht wahr, Lili, du bist mir nicht mehr böse? Auch nicht ein bißchen mehr?«

»Böse?« antwortete sie. »Nein, Clemens. Auch nicht ein bißchen. Ich war es ja gar nicht. Und höre zu, Clemens, ich will dir etwas gestehen, es ist vielleicht dumm von mir und ein Mädchen sollte nicht so sein und es wenigstens nicht sagen, wenn sie so ist: denn ich gebe mich damit ganz in deine Hand und du kannst dann mit mir machen, was du willst. Aber ich will ja nichts anderes, und ich bin ja so gerne ganz in deiner Hand. Also: ich kann gar nicht böse sein, überhaupt nicht und auf dich schon gar nicht. Und wenn du mir das Schlimmste antust, werde ich nicht böse, nur traurig, furchtbar traurig sein, daß so etwas überhaupt passieren kann. Und daß wieder etwas geschehen ist, was man nicht vergessen und nicht wegwischen und nicht ungeschehen machen kann. Und eigentlich nur über mich traurig, daß mir das immer wieder passieren kann und ich so gar nicht Herr über mich bin und so völlig außerstande, ein Glück ungetrübt zu erleben und wirklich festzuhalten, und weil ich doch weiß, daß ich sicher irgendwie schuld bin. Denn, weißt du, Clemens, Stolz habe ich gar keinen; ich glaube ja, daß das nicht schön und richtig ist, wenn ein Mädchen so gar keinen Stolz hat, aber ich will nicht einmal einen haben, ganz demütig will ich vor dir sein und wünsche nichts, als so zu sein, wie du wünschest, daß ich bin. Nichts anderes will ich, als dir recht sein.«

Sie schwieg, und er sah sie an, weich geworden und im Innersten von der schlichten Wahrheit ihrer Worte gerührt.

Sie fuhr fort: »Und, weißt du, Clemens, weil ich dir schon alles sagen muß und nichts zurückbehalten will, sollst du auch das von mir wissen. Bei aller Demut bin ich herrschsüchtig: Nicht stolz, verstehst du mich, aber maßlos herrschsüchtig. Ich will herrschen, gebieten, befehlen. Auch über dich. Das hat nichts damit zu tun, daß ich mich ganz in deine Hand gebe und deinen Willen über mir spüren will, das ist ganz etwas anderes. Ich will – ich möchte – ja, ich weiß selbst nicht recht was: spüren will ich, daß du mir gehorchst, daß du machen mußt, was ich will, daß ich Einfluß auf dich habe und dich verwandeln kann, und wenn ich befehle, mußt du gehorchen und zu meinen Füßen liegen, und wenn ich es wünsche, mußt du ganz wild und wüst und wie ein Tier sein, aber nur, wenn ich es wünsche, hörst du? Und dann wieder ganz zart und sanft, wenn ich es wünsche. Immer so, wie ich es will. Wenn ich nur den kleinen Finger hebe, siehst du, mußt du das schon verstehen, und wenn ich dich damit berühre, mußt du genau das sein, was ich mir in dem Augenblick von dir verlange. Willst du, du liebes, kleines Tierchen du?«

Er nahm ihren kleinen Finger und küßte ihn. Und hätte gern die ganze Hand und noch mehr genommen.

Sie aber zog die Hand, scheinbar schmollend, zurück. »Nun sieh einmal, wie du bist! Mich läßt du reden, und ich sage dir alles von mir, auch das Geheimste, und sage dir Dinge, bei denen ich mir sonst eher die Zunge abgebissen hätte, als daß ich sie irgendeinem Menschen anvertrauen wollte, und du erzählst mir nichts von dir, auch nicht das kleinste Geheimnis. Liebst du mich denn nicht? Oder hast du kein Geheimnis?«

»Doch«, lachte er. »Ich habe auch eins. Es gibt kein Leben, in dem nicht irgendwo Dunkles und Verschwiegenes ist. Aber ich sage es nicht. Es würde dich auch nicht interessieren. Männergeheimnisse schauen anders aus.«

»Glaubst du?« erwiderte sie. »Ich nicht. Ich glaube, es läuft doch immer auf dasselbe heraus, bei euch wie bei uns. Aber sag' mir's doch. Mich interessiert alles, was dich angeht.«

»Nein, Kind,« sagte er, »meines hat wirklich nichts mit Liebe zu tun. Im Gegenteil. Denn eigentlich bin ich nicht um der Liebe willen in diese Stadt gekommen. Sondern habe einen Auftrag von meinen Freunden zu Hause, die jung und Studenten sind wie ich, an gleichgesinnte Landsleute hier. Denn so einsam ich auch lebe, so leide ich mit meiner unterdrückten Nation, und wenn ich auch alle Politik hasse, liebe ich die Freiheit wie ein Mädchen und bin bereit, mein Leben für sie hinzugeben. Aber nicht jetzt. Jetzt nicht. Was hat das alles mit dir und unserer Liebe und dem herrlichen Jetzt und dem Glück dieses Sommertages und dem leise herandämmernden Abend zu tun. Lilikind, jetzt laß uns nur glücklich sein und alles andere vergessen!«

Mit weit aufgerissenen, flammenden Augen flehte sie ihn an: »Erzähle!«

»Ich kann nicht«, wehrte er ab. »Glaubst du, ich leide nicht darunter, daß ich nicht vergessen kann. Und wenn ich es manchmal kann, leide ich erst recht. Jetzt aber will ich glücklich sein.« Mit einer plötzlichen Härte des Tons, die jede weitere Frage abschnitt.

Und dann wieder ganz weich, flüsternd, bittend, bettelnd: »Komm mit mir, Lilikind, in den Abend hinaus!«

Seite an Seite eng geschmiegt, hörten sie nichts, sahen sie nichts, spürten sie nichts als einander.

»Du, Lili,« begann er, »mir ist es, als hätte ich das schon einmal genau so erlebt. Den abendlichen Wald und dieses Gehen Hand in Hand mit dir durch die schweigende Sommernacht, und weitab von uns Stadt und Welt im ewigen Nichts versinkend. Aber tausendmal schöner heute, weil du wirklich bist und ich deine wirklichen Hände halte und deinen warmen Mund küsse und spüre, daß du mein bist, ganz wirklich mein, und leibhaft mir gehörst, mit Leib und Seele.«

»Und hast mich,« antwortete sie, »du Böser, so lange warten lassen, und ich habe dir nachlaufen und um dich werben müssen, als wenn ich der Bub wäre und du das Mädel. O, ich habe mich ja so geschämt und habe doch nicht anders können und habe es auch gern getan, denn ich habe es ja gewußt, daß du mir gehören mußt und mein werden mußt, ob du dich sträubst oder nicht. Und nun lasse ich dich nicht mehr und du gehörst mir und bist mein. Sag' es: Bist du mein?«

»Ja,« jauchzte er, »und du, sag' du es auch, bist du mein?«

»Ja,« sagte sie leise, »dein!«

»Ganz?«

»Ganz dein!«

»Und du schenkst dich mir und ich darf dich nehmen?«

»Du darfst alles. Nimm mich! Was geht mich die Welt an? Ich kenne nichts als dich. Ich weiß von nichts als von dir. Mache mit mir, was du willst!«

»Und wenn dein Schwager uns hindert?«

»Der?« sagte sie und ihre Stimme wurde ganz bleich und heiser, »der soll sich's einfallen lassen! Nicht ein Wort darf der reden! Den überlaß nur mir!«

Er sank, im Dunkel des Weges, vor ihr nieder und sie legte mit einer seltsam feierlichen, nachtwandlerischen Geste den kleinen Finger ihrer rechten Hand an seinen Kopf; und er küßte ihre Füße, zog sich an ihr empor, riß sie in seine Arme und übersäte sie mit wilden Küssen. Wie leblos hing sie in seinem Arm und ließ seinen Sturm über sich ergehen. Bis sie auf einmal mit einem jähen, wilden Ruck ins Bewußtsein fuhr und mit einem seltsam fremden, kurzen Ton, der wie aus einer andern Welt zu kommen schien, sagte: »Komm jetzt! nach Hause!«

Er tastete nach ihrer Hand, hielt sie. Sie wiederholte: »Komm jetzt!«

In wenig Schritten waren sie am Bahnhof, fuhren, ohne es zu wissen immer noch Hand in Hand, heimwärts, lautlos, wortlos. Und gingen ebenso, hastig, fast laufend, bis sie an die ihrem Hause nächste Straßenecke kamen. Da hielten sie beide, wie von selbst.

»Darf ich kommen?« fragte er.

»Heute schon?« Und hob ihr Köpfchen und sah ihn mit einem unsäglich erschreckten, unsäglich bittenden Ausdruck an. »Um Gottes willen, nein! Liebster, ich bitte dich, mache mich nicht unglücklich! Schau, ich will ja dein sein, ich will dir gehören, ich will alles, was du willst, aber heute noch nicht, Geliebter, heute nicht. Ich verspreche dir, ich schwöre es dir, ich will so zärtlich zu dir sein und dich liebhaben und dich glücklich machen, aber heute schone mich noch, ich beschwöre dich, heute noch nicht. Nicht wahr, du weißt, daß ich dich liebhabe, so zärtlich, wie dich noch kein Mensch liebgehabt hat, und du bist mir nicht böse, nicht wahr? Aber glaub mir's, ich kann nicht, glaub mir's, wenn ich dir sage, daß ich nicht kann. Und zum Zeichen, daß du mir nicht böse bist, gib mir noch einen guten Kuß und glaube an mich! Gute Nacht, du lieber, guter Mensch!«

Er küßte die Tränenüberströmte noch einmal, zärtlich, still, vielleicht ein wenig traurig.

»Gute Nacht, Lili, schlafe süß!«

»Gute Nacht, Clemens. Du auch. Und habe Dank für alles. Auch für das liebe kleine Kreuz. Es hat mir Glück gebracht. Gute Nacht!«

»Gute Nacht!«

Er wartete einige Minuten, bis er von der Gasse aus bemerkte, daß das Licht in ihrem Zimmer aufflammte. Dann ging er leise die Treppen hinauf, öffnete sein Zimmer, zog sich, ohne hell zu machen, aus und warf sich aufs Bett. Todmüde, die Erinnerung des Tages mehr im Gefühl als in den Gedanken, und bereit, sofort einzuschlafen. Auf einmal, schon halb im Traume, fühlte er einen heißen Mund an seinem Mund, zwei weiche Arme schlangen sich um seinen Hals und die Wärme eines jungen Körpers preßte sich an den seinen.

»Lili!«

»Geliebter!«

14.

Er stand am Fenster und sah verloren hinaus. In der Hand hielt er noch immer dieses Telegramm. Das Leben trieb in der Gasse, er starrte, ohne sie zu sehen, in die fremden Gesichter, in die fremden, nichtssagenden Fenster. Seine Gedanken, auf der Flucht vor sich selbst, klammerten sich umsonst an Äußerliches, Gleichgültiges.

Wieviel Uhr mochte es sein? Er wußte es nicht. Seine Energie lag in Fesseln, er riß sich nicht einmal auf, sich umzudrehen und ans Bett zu gehen, um auf die Uhr zu schauen. Da draußen lag heller Vormittag, Bewegung und Arbeit der Gasse schlugen ihr Höchstes. Er hatte sein Glück in tiefem und, wie er meinte, traumlosem Schlafe hinübergetragen, länger als sonst in den Tag, bis ihn ein Pochen aufgeweckt hatte und eine Stimme, diese seltsame, heisere, nur ans Flüstern gewöhnte Stimme der Frau Quadderbacke, die er heute zum erstenmal laut hörte, durch die Türe: »Ein Telegramm!« rief. Er war aufgesprungen, mit einem Ruck in Hose und Rock geschlüpft und hatte sie hereingelassen. Und dann hatte er das Telegramm in der Hand, aufgerissen und mit diesen merkwürdigen drei Worten, die wie drei spitze Lanzen in sein Gewissen stachen.

Drei Worte, geheimnisvolle, aufregende, aufrüttelnde, bohrende, waren über ihn hergefallen, hatten ihm alles zerstört, und stocherten nun grausam, quälerisch, unerbittlich in seinem Innern herum. Der Schleier, den Erinnerung des gestrigen Tages und der gestrigen Nacht um sein Bewußtsein gewoben hatte, dieses elfenfeine, zarte, dämmerungleise Ding, war zerrissen, lag in Fetzen da. Auf traumhaft selige Glücksnacht war allzuschnell katzenjämmerliches Erwachen, das allzu grell Andere des nächsten Tages gekommen. Auch für ihn, den Einsamen, Freien, nur sich selbst Verantwortlichen gab es eine Welt, die Rechnungen präsentierte, die sein Glück in Vorwürfe verkehrte. Wie ein Gläubiger stand sie vor ihm, auf Rechte pochend, mit großer Gebärde, pathetisch, und schrie ihm drei freche, rätselhaft tuende Worte zu, und er las wiederum: »Brutus! du schläfst!« Sonst nichts, ohne Unterschrift: »*Brutus! du schläfst!*«

Eigentlich war es nur komisch. Dieser veraltete Verschwörerjargon mit klassischen Zitaten, der Antike spielen wollte, aber nur an die Operette erinnerte, und wenn er an das kleine Studentengrüppchen dachte, hätte er lachen können, wenn er sich nicht gar so sehr hätte ärgern müssen. Nein, nicht wie ein mahnender Gläubiger war die Welt in sein Glück eingebrochen, sondern wie eine böse, alte Hexe, und es war ihm, als sähe er die boshaft Grinsende, als hörte er sie aus den Winkeln des Zimmers ihm die drei frechen, lächerlichen Worte entgegenschreien, entgegenraunen, entgegenkrächzen.

Er sah sich um und fuhr zurück. Da saß immer noch die kümmerliche, unscheinbare, verwelkte, dürftige, schattenhafte ältliche Frau auf einem Stuhl an der Wand, eingefallen, die knochigen Hände ausgestreckt auf ihren Knien, unbeweglich, regungslos, und starrte ihn an mit trüben, glanzlosen Blicken.

Er ertrug den Blick nicht und mußte sich zur Seite wenden. Er wollte sprechen, aber er spürte, wie seine Stimme ihm nicht gehorchte. Erregt ging er im Zimmer auf und ab. Sie sprach kein Wort, rührte sich nicht, aber er fühlte, wie ihre Blicke ihm folgten. Er ging auf und ab, auf und ab, sie rührte sich nicht. Er blieb wieder am Fenster stehen, fühlte ihren Blick im Rücken, sie rührte sich nicht, sprach nicht. Er versuchte hinauszuschauen, um ruhig zu werden, Fassung zu gewinnen. Er konnte nicht, mußte sich wieder umdrehen. Reglos saß sie da, dunkel, unheimlich, wie ein grauer Schatten, der wuchs und wuchs. Das Zimmer füllte sich mit ihr, mehr und mehr, ein Grauen ging von ihr aus, das ihm das Herzblut stocken machte. Endlich konnte er nicht mehr, nahm alle seine Kräfte zusammen, ging festen Schrittes auf sie zu und fragte sie mit einer Stimme, die ihm selbst ganz fremd vorkam, so rauh und heiser klang sie:

»Was wollen Sie denn noch?«

Sie schwieg und sah ihn nur ganz erschrocken und hilflos an. Eine fast blöde Willenlosigkeit ließ sie nur noch unheimlicher wirken.

»So reden Sie doch endlich! Was wollen Sie von mir?« brüllte er sie fast an.

Er sah, wie sie zum Reden ansetzte, mühsam nach Atem rang und nicht konnte.

»Was haben Sie denn?« sagte er etwas weicher. »Ich sehe, Sie haben mir etwas zu sagen. So sprechen Sie doch, wenn Sie etwas auf dem Herzen haben! Ich tue Ihnen doch nichts.«

Klobenschwer keuchten die Worte aus ihr heraus: »Ich möchte Ihnen etwas sagen.« Dann stockte sie wieder.

»Was denn?« sagte er, so sanft und begütigend er nur konnte, »sprechen Sie doch ungeniert! Ich helfe Ihnen ja gern.«

»Ich habe solche Angst. Ich kann nicht.«

»Angst? Vor wem?«

»Vor ihr. Vor ihm. Vor allen. Und doch muß ich. Ich muß Sie warnen.«

»Mich warnen? Vor wem?«

»Vor ihr. Vor – Lotte.«

»Vor *wem*?«

»Vor Lotte. Vor meiner Schwester.«

»Sie meinen Fräulein Lili?«

»Ja, so nennt sie sich, wenn sie Bekanntschaften anknüpft. Hat sie sich Ihnen auch so vorgestellt? Aber sie heißt Lotte. Der Name ist ihr nicht nobel genug. Sie schämt sich ihres eigentlichen Namens, gerade so wie sie sich meiner schämt. Am liebsten möchte sie mich auch verleugnen. O, sie ist ja so verlogen! Jedes Wort, das sie spricht, ist Lüge.«

Noch immer tropften die Worte stoßweise, ruckweise, ächzend aus ihr heraus. Ihre Stimme war heiser, grau, tonlos und ihre innere Erregung malte sich nicht in ihr, sondern in einem Zucken, das fortwährend über ihr Gesicht lief.

»Ich verbiete Ihnen, von Fräulein Lili in diesem Tone zu mir zu sprechen.«

»Hat sie Sie auch schon so weit? Das versteht sie! Dieser Schwindlerin ist noch jeder Herr auf den Leim gegangen.«

Und plötzlich brach ein wilder Haß aus der tonlosen Stimme, den glanzlosen Augen hervor, lange zurückgedämmt, aber um so heftiger, und versetzte das arme schwächliche Wesen in eine so fieberhafte Aufregung, daß es an allen Gliedern des Leibes, wie von einem Krampf geschüttelt, zu zittern begann.

»Jeder. Von Kind auf hat sie das verstanden. Und jeder ist ihr aufgesessen. Jeder. Oder bilden Sie sich am Ende ein, daß Sie der Erste sind? Hat sie Ihnen das vielleicht auch vorgeschwätzt? Und Sie sind imstande und glauben es ihr?«

»Ich bilde mir gar nichts ein und habe ihr nichts zu glauben. Und wenn ich Ihnen das Recht bestreite, in meiner Gegenwart über Fräulein Lili zu schimpfen, so habe ich damit nicht gesagt, daß ich mir irgendein Recht über sie anmaße. Ich hoffe, Sie verstehen mich. Und jetzt verlassen Sie mein Zimmer!«

»Was? Wollen Sie damit sagen, daß Sie nichts mit ihr haben? Oder ich soll wohl an eine reine Freundschaft zwischen Ihnen glauben? Die Lotte und eine reine Freundschaft! Das soll ich Ihnen wohl glauben?! Ihr haltet mich wohl alle für blind und taub? Und für stumm dazu? Das könnte euch allen so passen! Aber bildet euch das nicht ein! Ich sehe und höre alles. Viel mehr, als ihr wißt. Viel mehr als euch lieb ist. Glauben Sie denn, ich habe es nicht bemerkt, wie gestern früh die geputzte Puppe gleich hinter Ihnen her fortlief, um Sie an der nächsten Ecke zu treffen, und wie Sie nachts gleich hinter ihr her nach Hause kamen, wenn ihr auch noch so vorsichtig geschlichen seid? Und habe es nicht bemerkt, wie gleich nachher die Türe ging und sie zu Ihnen hereinschlüpfte? Und habe es nicht gehört, als heute Morgen um fünf Uhr Ihre Türe ganz leise aufgemacht wurde und die Katze auf nackten Sohlen herausgehuscht kam? Wenn ich etwas von diesen langen Jahren gehabt habe, war es das, daß ich gelernt habe, mich auf das Gehen von Türen zu verstehen. Da bekommt man höllisch feine Ohren, wenn man schlaflose Nächte lang daliegt und nichts tut als warten, bis eine Tür aufgeht und zugeht, aufgeht und wieder zugeht. Und glauben Sie, daß Sie mir, und wenn Sie noch so entrüstet tun und schreien, ausreden können, was dieses zerworfene Bett, diese zerwühlten Kissen mir sagen? Ich bin eine einfache Frau, aber diese Sprache verstehe ich, darin kenne ich mich aus. Und da werden Sie, junger Mensch, mir so leicht nichts vormachen können.«

Sie hatte diese letzten Sätze wieder mit ihrer gewöhnlichen, heiseren, fast ruhigen Tonlosigkeit gesagt, ohne jede Hebung oder Senkung der Stimme, bewegungslos vor sich hinstarrend, und ihre Erregung verriet sich nur in dem Zittern der knochigen Hände.

Aber eine solche Bestimmtheit und so viel Schicksal lag in ihren Worten, daß Clemens sich ganz still an den Tisch lehnte und die Augen niederschlug, weil er sich vor dem Ungeheueren fürchtete, das jetzt in diesem Gesicht zu lesen stehen mußte.

Dann fing sie wieder an, noch ruhiger, noch tonloser, und so, daß er nicht wußte, ob es Drohung und Gewalt der Stimme oder des Inhalts war, was ihm wie Grabesschauer lähmend durch Mark und Bein ging: »Sie können mich ja hinauswerfen. Sie können mich ja aus dem Zimmer jagen. Sie können mir ja den Mund knebeln. Sie können sich ja die Augen verkleben und vorn und hinten blind sein, wenn Sie wollen. Und doch werde ich's Ihnen sagen, ob Sie wollen oder nicht, werde es Ihnen zuschreien mit dieser Stimme, die längst ihr Sprechen verlernt hat, oder werde Ihnen schreiben mit diesen kranken, ungewohnten, zerarbeiteten Fingern, und wenn Sie *meine* Schrift nicht annehmen, werde ich es Ihnen von anderen Händen schreiben lassen, so lange, bis Sie alles erfahren. Denn der Wahrheit lasse ich Sie nicht entrinnen. Ich will, daß Sie alles erfahren sollen. Diesmal mache ich nicht mehr mit. Ich habe zu lange geschwiegen. Ich kann nicht mehr. Es erdrückt mich. Es zersprengt mich. Meine Lebenskraft hat es mir ausgesogen. Das Fleisch ist mir von den Rippen gefallen. Sehen Sie mich an, wie ich ausschaue, abgezehrt, abgemagert wie ein altes Weib. Ich bin mit jungen Jahren alt geworden. Uralt. Eine Greisin mit fünfunddreißig Jahren. Fünf Jahre der entsetzlichsten Ehe, und seit nicht viel weniger weiß ich das Schlimmste und habe keinen Menschen, dem ich es sagen kann, und schleppe es mit mir herum und fresse es in mich hinein. Aber nun geht's über meine Kräfte. Nun kann ich nicht mehr. Nun muß es heraus. Alles. Und wenn alles darüber zugrunde geht, mir ist es gleich.«

»Und warum gerade mir?« wagte er kaum zu fragen.

»Ich weiß nicht. Einer muß es doch sein. Und Sie habe ich für anständig gehalten. Für den ersten anständigen Menschen, der in die Nähe dieses Hauses tritt.«

»Und der Ingenieur?« Nun reizte es ihn, an die Wirklichkeit zu tasten.

»Welcher Ingenieur? Den Mechaniker, meinen Sie? Das war der Roheste von allen. Geprügelt hat er das Mädel, daß sie braun und blau wurde.«

»Als Bräutigam?«

»Bräutigam? Gegangen ist er mit ihr, wie man bei uns sagt. Und nicht einen Pfennig hat sie von ihm gehabt. Nicht das kleinste Geschenk. Im Gegenteil: ihr weniges Geld hat er ihr abgenommen.«

»Und da hat sie ihm den Laufpaß gegeben?«

»Sie ihm? Er ihr. Weil er sie mit seinem Freund erwischt hat. Wie eine Klette hat sie sich dann an ihn gehängt und ist ihm überall nachgelaufen, aber er wollte nicht mehr. Verprügelt hat er sie nur und hinausgeschmissen.«

Er verkrampfte die Finger in den Tisch, biß die Lippen zusammen und schwieg.

»Warum sagen Sie denn auf einmal nichts?« griff sie wieder auf, und es klang zwischen Hohn und Mitleid. »Jetzt sind Sie traurig. Ich hab's ja gewußt. Sie hat's Ihnen wohl anders erzählt? Ja, lügen kann sie. Jedes Wort, das das Mädel spricht, ist eine Lüge. Hab' ich es Ihnen nicht gesagt?«

Und fuhr weiter fort, unaufhaltsam, unerbittlich. »Und so war sie immer. Und doch haben sie immer alle gern gehabt. Trotz ihrer Verlogenheit. Laß sie doch, sagte schon der Vater, wenn's ihr Spaß macht. Schon der Vater war in sie verliebt. Der kannte nichts auf der Welt als den Balg. Mich mochte er gar nicht. Übrigens die Mutter auch nicht, denn ich war die Ursache gewesen, daß sie heiraten mußten. Sie hatten sich schon damals nicht mehr leiden können und lebten auch gar nicht richtig zusammen; immer wieder lief die Mutter weg, kam aber immer wieder, denn der Vater hatte Geld, nicht bloß was er als Beamter verdiente – er war auch bei der Polizei – sondern noch eine Menge nebenbei, und hätte noch mehr verdienen können, wenn er nicht getrunken hätte, und sie hätte ohne ihn verhungern müssen. Und dann nach fünfzehn Jahren kam auf einmal ganz unerwartet die Lotte, und bald darauf lief die Mutter wieder weg, aber diesmal kam sie nicht wieder, und wir haben nie wieder etwas von ihr gehört. Und von da ab war der Vater wie verwandelt – das heißt getrunken hat er noch mehr als früher, jede Nacht durch, wenn die Lotte schlief, ganz allein saß er stumpfsinnig da und trank, aber den Tag über hieß es nur Lottchen hier und Lottchen da, und der starke rohe Mann wurde ganz weich und zärtlich, wenn er den Fratzen nur ansah. Und trug sie den ganzen Tag herum und küßte und schleckte sie und gab ihr nach und verzärtelte und verhätschelte das Ding, soviel er nur konnte. Gegen mich aber wurde er noch roher und brutaler als früher und schlug mich, und ich war zu nichts da, als Lottchen zu bedienen, und war das Dienstmädchen im Hause, und wenn Lottchen was anstellte, wurde ich bestraft, und wenn Lottchen etwas geschah oder Lottchen krank wurde, bekam ich Prügel. Anfangs hatte ich sie ja selber lieb und hatte mich über das hübsche Schwesterchen gefreut, aber als sie dann wuchs und größer wurde und mich zu tyrannisieren begann und, wie sie es vom Vater gesehen hatte, auf mich losschlug, bei jedem Anlaß und manchmal auch ohne Anlaß, und alle ihre Launen an mir ausließ und alles auf mich schob, wenn sie etwas anstellte, mir alles wegnahm, was mir gehörte, und wie ich sah, daß sich alles nur um sie drehte und nur Augen für sie hatte, daß nichts für sie zu teuer war und man sie anzog und ausstaffierte und putzte, während ich immer vernachlässigt herumlaufen mußte und immer unscheinbarer und unansehnlicher wurde, so daß ich wirklich schließlich wie ein Kindermädchen hinter ihr herlief und mich alle Welt als Dienstmagd behandelte, da ist allmählich eine Verbitterung und ein Neid in mir aufgestiegen, die mich ganz vergiftet haben. Das kann kein junges Mädchen ertragen, immer nur der Schatten von einer anderen zu sein und keinen Menschen zu haben, der sich um einen kümmert. Wenn ich auch nicht so hübsch war wie Lotte, häßlich war ich nicht und mußte mit ansehen, wie alle Welt vor ihr auf den Knien lag und mich in meiner Dürftigkeit gar nicht bemerkte. Natürlich machte mich das nicht gerade schöner, und ich fühlte, wie ich häßlicher und reizloser und älter wurde und eine Jugend verging, die ich nie gespürt und nie genossen hatte. Lotte aber war über alle Maßen kokett und fing schon als Kind mit allen Buben an und auch mit Erwachsenen und begann frühzeitig, sich herumzutreiben, und zwang mich, ihr dabei Vorschub zu leisten und sie in ihren Lügen zu unterstützen. Weigerte ich mich, so lief sie zum Vater und log ihm irgend etwas gegen mich vor, und so mußte ich mich, wenn ich mich von dem immer jähzornigen Manne nicht strafen und schlagen lassen wollte, zähneknirschend ihrem Willen fügen. Und so wurde ich älter und älter und schließlich dreißig Jahre alt und hatte gar keine Jugend und ein freudloses Leben hinter mir und ein trauriges und hoffnungsloses vor mir, bis Quadderbacke, als Vaters Kollege, in unser Haus kam.«

Sie machte eine Pause. Eintönig war die graue Geschichte dieser traurigen Jugend von ihren Lippen geflossen, wie ein lang verschlossenes, aber in jeder Sekunde giftig bereites Geheimnis, das sich Bahn bricht und nun alle Ufer überschwemmt. Aber auf einmal stockte sie und mußte, als sie zum erstenmal den Namen ihres Mannes nannte, innehalten. War es Scham, den fremden Mann in das Innere dieser Ehe schauen zu lassen? Oder war es ein Suchen nach Worten eines noch heißeren Hasses?

Clemens sah sie an, wie sie dasaß mit gebeugtem Rücken, gesenktem Kopf, tief in sich verkrochen, und redete, redete ohne Willen, einem Zwange gehorchend, endlich einmal alle Hüllen einer Seele abzustreifen. Der junge Mann erlebte zum erstenmal das Phänomen: Haß. An dieser verkrümmten, verkrüppelten Person, diesem Schatten eines wirklichen Menschen zum erstenmal in voller Wirklichkeit: Haß.

Sie fuhr fort: »Er war mir vollkommen gleichgültig, eher unangenehm. Aber er war der erste Mensch, der sich um mich kümmerte. Als erster nicht um Lotte, sondern nur um mich. Er sagte ›Fräulein‹ zu mir, anfangs sogar ›gnädiges Fräulein‹. Nach paar Wochen bereits war es klar, daß er mich heiraten wollte. Ich hatte natürlich sofort heraus, daß es ihm nur um Vaters Geld zu tun war. Nicht einen Augenblick lang habe ich mich einer Täuschung hingegeben. Ich habe mir nie eingebildet, daß er mich reizloses, älteres Mädchen um meiner selbst willen nehmen werde. Sein brutales, egoistisches Wesen hatte ich sofort durchschaut. Aber mir war alles gleich, wenn ich nur aus dieser Hölle herauskam, nur von Lotte fortkam. Aus Haß gegen Lotte sagte ich ohne Besinnen: ja. Wir heirateten. Kurz danach starb Vater an einem Schlaganfall. Mein Mann bestand darauf, daß wir Lotte ins Haus nehmen. Ich weigerte mich, sträubte mich mit Händen und Füßen. Darauf sagte er mir roh ins Gesicht hinein, er langweile sich mit mir, er wolle Jugend und Amüsement ins Haus haben, und als ich ihm drohte: dann laufe ich davon, sagte er: dann laufe! Was blieb mir übrig? Schließlich konnte man das leichtsinnige Mädel auch nicht allein in der Welt stehenlassen. Und so fügte ich mich. Lotte zog zu uns ins Haus.

Und nun erst begann die wahre Hölle für mich, gegen die das Leben im Vaterhaus ein Kinderspiel gewesen war. Die Beiden lachten und scherzten den ganzen Tag, um mich kümmerte sich niemand. Ich war Luft für sie. Zum Dienstmädchen war ich gut genug, so wie im Vaterhaus. Nur daß im Vaterhause noch ein gewisser Wohlstand geherrscht hatte, während mein Mann so geizig ist, daß er das Hauswesen ohne Geld bestreiten will und mich benützt, um Magd und Köchin zu ersparen. Sie verwenden mich für die niedrigsten Dienste. Ich muß fegen, bürsten, kochen, waschen, die Böden aufwischen, scheuern, Geschirr putzen. Und sie sitzt drin wie eine vornehme Dame, läßt sich bedienen und plaudert mit meinem Manne. Erst in der letzten Zeit hat sie sich entschlossen, in ein Geschäft zu gehen, aber mehr, um sich zu amüsieren und Bekanntschaften zu machen, als um zu arbeiten. Um den Zins zu ersparen, hat mein Mann darauf bestanden, das eine Zimmer zu vermieten, und ich muß zu aller Hausarbeit noch die Bedienung der fremden jungen Leute übernehmen, während meine Schwester mit ihnen kokettiert. Und nie fällt ein Wort des Dankes, nie ein freundliches Wort an mich, kaum daß sie das Allernötigste zu mir sprechen, wenn sie gerade essen oder trinken oder sonst etwas wollen oder unzufrieden sind. Dann schimpfen sie mit mir. Und noch ärger. Er ist so brutal und jähzornig, daß er sich sogar an mir vergriffen und mich geschlagen hat. Und als er sah, daß ich mich in meiner Erschrockenheit und Schwäche nicht wehren konnte, hat er es wiederholt und schlägt mich öfter und sie sieht zu und lacht. Wundert es Sie, wenn ich da schon auf den Gedanken geriet, sie Beide zu vergiften? Ich hätte es längst getan, wenn ich nicht zu feige wäre.

Und es kam noch ärger. Das Schlimmste hatte ich ja nicht geahnt, es mir nicht im Traume einfallen lassen, daß es nur möglich wäre. Bis ich eines Nachts aus dem Schlafe auffuhr und das Bett an meiner Seite leer fand. Ich glaubte, er sei noch einmal ausgegangen, und lief hinaus: da hing sein Rock und sein Mantel, und da hörte ich auch schon aus Lottens Zimmer leise, unterdrückte Stimmen, und da hörte ich, wie er bat und bettelte, und wie sie anfangs nein sagte und widerstand, aber nicht lange, und dann wußte ich, daß mein Mann mich mit meiner Schwester betrog. Und schlich mich zurück und wartete, bis die Türe wieder ging und mein Mann leise hereinkam, und stellte mich schlafend, um ihn nicht zu ermorden oder nicht von ihm ermordet zu werden.«

»Nein,« schrie Clemens auf, »das ist nicht möglich! Sie lügen in Ihrem blinden Hasse. Oder Ihre Eifersucht hat Sie verrückt gemacht und spielt Ihnen tolle Hirngespinste vor! Lili und Quadderbacke! Das glaube ich Ihnen nicht! Nieundnimmer!«

»Verrückt gemacht?« lachte sie fast lautlos in sich hinein. »Leider bin ich noch nicht verrückt, wenn ich auch schon nah daran war, es zu werden. Hirngespinste? Was ich Jahre hindurch nächtelang mit eigenen Ohren anhören mußte? Wissen Sie jetzt, was das heißt: daliegen und warten und Türen auf- und zugehen hören und seine Wut und seine Schande in sich hineinfressen und sich schlafend stellen müssen? Und bei Tage herumgehen und nicht wagen, die Augen aufzuschlagen und es ertragen müssen, daß die Beiden einem frech ins Gesicht lachen, und nicht reden dürfen, stumm, berstend vor Wut und im Innern zerfressen von Neid und Galle und Eifersucht und Scham? Denn die Beiden wissen ganz genau, daß ich es weiß. Wissen Sie jetzt, was Hölle heißt? Und begreifen Sie, daß einer, der diese Hölle auf sich genommen hat, weiter lebt?«

»Aber warum? Warum schweigen Sie? Warum reden Sie nicht? Warum wehren Sie sich nicht? Warum tun Sie nicht irgend etwas?« Und er packte sie an den Händen und riß sie in die Höhe, weil er diesen sitzenden Haufen Unglück nicht mehr ertragen konnte.

»Weil ich nicht kann. Weil ich zu schwach bin. Weil mir von Kind auf jeder Wille im Leib getötet, jede Kraft aus dem Herzen gerissen wurde. Weil ich einmal das Kreuz auf mich genommen habe und es tragen muß bis ans Ende, bis es mich erschlägt. Ich kann nicht wiederschlagen.«

Er hätte vor ihr auf die Knie sinken mögen, wie sie so dastand, arm, geschlagen, in sich gesunken, und in ihr ein Stück der leidenden Menschheit anbeten. Aber schon lag sie zu seinen Füßen, ergriff seine Hand und schrie aus Innerstem zu ihm auf: »Aber Sie beschwöre ich: retten Sie sich! Versprechen Sie mir dies eine: retten Sie sich und fliehen Sie! Ich will mich nicht besser machen als ich bin. Nicht um Ihretwillen, nicht bloß um Ihretwillen bitte ich Sie darum. Sondern aus Rache. Um mich zu rächen. Denn sie liebt Sie. Und seitdem Sie da sind, hat sie Quadderbacke abgeschüttelt und würde alles abschütteln, um nur mit Ihnen glücklich zu sein. Und doch kann ich ihr dieses Glück nicht gönnen. Das darf nicht sein, um meinetwillen nicht, daß diese, die mir alles genommen hat, glücklich wird. So ungerecht darf Gott nicht sein, gegen sie nicht und gegen mich nicht. Elend muß sie werden! Und wenn Sie von ihr gehen, trifft es sie tödlich. Und Sie müssen ja gehen. Nach dem, was ich Ihnen gesagt habe, müssen Sie. Sie können ja nicht bleiben. Versprechen Sie es mir, und Sie werfen den ersten Sonnenschein in das trostloseste Leben, das je die Erde gesehen hat.«

»Ich verspreche es Ihnen. Ich gehe.«

Er gab ihr die Hand. Und sie verließ, das erstemal ihm mit einem Blicke des wortlosen Dankes voll ins Gesicht sehend, das Zimmer, ganz still, lautlos, gespenstisch schattenhaft wie immer.

15.

Er blieb allein zurück und rieb sich die Augen, wie man sich einen Traum aus den Augen wischt. Aus seinem Glück war er nun gründlich erwacht. Gewiß hätte es schöner sein können, dieses Erwachen. Es war etwas reichlich viel Unangenehmes gewesen für einen Vormittag. Und genügte, daß ihm der Kopf schwirrte von diesem Mückentanz der Widrigkeiten.

Bloß Unangenehmes, bloß Widrigkeiten, Clemens? Sei ehrlich, Clemens, gestehe es dir ein, es war schon ein ganz ausgewachsener, richtiger, tiefer Schmerz! Oder ist das nicht Schmerz, was da unten kocht und bohrt, nagt und reißt? Und immer wieder nach oben kommt und fürwitzig den Kopf hervorsteckt und die Zunge nach ihm bleckt, wie sehr er sich auch müht, zu vergessen und es mit allem Schutt des Unterbewußtseins zuzudecken? Immerhin, was es auch war, fertig werden mußte er damit. Darum handelte es sich.

Er nahm Hut und Stock und ging. Auf die Gasse. Das war sein gutes, altes System, mit jedem Mißgeschick fertig zu werden, indem er es spazieren führte. Zuerst einmal hieß es, mit seinem Schmerz allein sein. Dann: ihm auf den Leib rücken und ihm Aug' ins Auge sehen. Es gab für ihn keine bessere Art, eine Sache zu erledigen, als sie aus dem Gefühl ins Bewußtsein hinüberzuführen.

Er ging also, sah nicht rechts und links, sondern dachte. Richtig, logisch, in Gedankengängen. Er ließ sich nicht von den Gedanken treiben, sondern trieb sie, wohin er wollte, so gut es eben ging.

Da war also zunächst der Fall Lili. Der war einfach: Es war aus. Es mußte aus sein. Daran war nichts zu ändern. Diese Tatsache war gegeben, war fest. Das lag jenseits aller Psychologie, hatte nichts mit Moral zu tun, war Tatsache, das Ergebnis von Tatsachen, das letzte Resultat einer langen, unglücklichen Verkettung, notwendig, unausbleiblich, unvermeidlich, der ruhende Pol. Sehr schade, aber leider war nichts dagegen zu machen. Er konnte sich also jede weitere Untersuchung ersparen. Selbsterhaltung ist eine Notwendigkeit und ein Axiom und braucht keine Argumente. Und wenn er rein aus Liebhaberei, aus Pedanterie, aus wissenschaftlichem Trieb zur Vollständigkeit hinzusetzte: auch der Selbstachtung wegen, und weil es ein Gebot und Gesetz seiner Natur war, jedes Unreine auszuschalten, nicht aus Moral, sondern aus angeborenem Reinlichkeitsbedürfnis, das in dieser Atmosphäre von Unsauberkeit, Schande und Dreck ihn nicht hätte länger atmen lassen, und weil jedes weitere Zusammensein mit ihr, jede Stunde des Zusammenseins, jeder Kuß (o Gott!), jedes Gespräch, mit diesem Wissen befleckt, eine körperliche und geistige Folter, unerträglich, unmöglich, undenkbar wäre, so war alles gesagt, was zu sagen war, und er war fertig. Man sieht: um eine Sache aus der Welt zu schaffen, braucht man sie nur richtig zu formulieren.

Die Schuldfrage? O nein. Bitte sehr. Die nicht. Damit komme man ihm nicht. Die gab es für ihn nicht. Er fühlte sich – Gott sei Dank – nicht als Richter und fühlte sich auch nicht als Advokat. Er hatte weder zu verteidigen noch anzuklagen. Die Schuldfrage ging ihn nicht an. Und, übrigens, was ist Schuld? Wer hat sie? Was ist die Schuld der Schuld? Wo fängt sie an? War schon das Verbrechen, daß sie den hübschen Namen Lili dem gewöhnlichen Namen Lotte vorgezogen hat? Das tat er auch. Und daß sie den dekorativen Namen annahm, weil er ihr interessanter und für ihre Natur passender erschienen war? Darüber sollen sich Matrikularamt und Paßbehörde aufregen, nicht er. Oder etwa, daß sie den Mechaniker in einen Ingenieur umstilisierte? Oder daß sie die Geschichte ihrer Entlobung in einem für sie günstigeren Lichte darstellte? Als ob irgendein Künstler etwas anderes täte! Sie hat eben Phantasie und Geschmack. Hätte sie ihm sagen sollen, sie sei hinausgeschmissen worden und noch obendrein von einem Mechaniker? Clemens hätte ihr das geradezu übelgenommen, und es war eher zartfühlend von ihr, ihm das zu ersparen. Und schließlich die leidige Familientragödie. Nein, er wollte es nicht beschönigen: es war schon mehr als leidig und mehr als Familientragödie: es hatte etwas vom Inzest und war Betrug und Raub an der Schwester und Einbruch in die Familie und Entweihung des Hauses. Gewiß, im ersten Augenblick hatte es fürchterlich geklungen, verbrecherisch, ungeheuerlich, und die Frau, die es getroffen hat, war zu verstehen, wenn sie es wie ein Verbrechen an allen Gesetzen der Natur und wie einen Riß durch die Schöpfung empfand. Aber nur die; sie war das Opfer; sie hat jedes Recht. Aber wer sonst darf sich unterstehen, sich zu Gericht zu setzen? Wer darf begreifen wollen, wie solch eine Tat entsteht?

Was weiß ein Mensch vom andern Menschen? Ein Zweiter ist kaum imstande, das Räderwerk der äußeren Umstände zu übersehen und zu scheiden, was Wille und was Verführung, Gelegenheit, Drohung, Vergewaltigung wirkt; was ahnt er erst von den dunklen Kräften und Trieben der Seele? Der Mensch erleidet doch meistens nicht bloß sein Leid, sondern auch seine Tat. Gewiß ist Quadderbacke nicht der Mann, den man wählt, aber Quadderbacke sieht ganz so aus, als ob er nicht auf das Gewähltwerden wartet, sondern selbst wählt.

Und wenn sie schon ein Luder ist: ist sie schuld, daß sie ein Luder ist? Und hat nicht Gott auch das Luder geschaffen? Und kann nicht auch ein Luder seinen Reiz haben, wie irgendein Werk der Schöpfung? Und ist sie nicht das reizendste, entzückendste kleine Luderchen, das je einen Menschen glücklich gemacht hat?

Ist sie nicht das, was sie ist, ganz? Und hat sie sich je als anderes geriert? Clemens hat das ja von Anfang an gewußt, daß sie ein Luderchen ist. Na also! Natürlich konnte eine Lili keine Eveline sein. Aber sie hat sich auch nie dafür gegeben. Und er hat sie nie dafür genommen.

Selbstverständlich hatte das alles nichts damit zu tun, daß es aus sein mußte. Nur dagegen wehrte er sich, dem armen Mädel als Schuld aufzubürden, was sie selbst am schwersten traf. Aber aus sein mußte es. Da gab es für ihn keinen Zweifel.

Blieb also noch das Telegramm, das ihn wurmte. Daß es ihn ärgerte, konnte er nicht bestreiten. Denn es war lächerlich mit seinem: »Brutus, du schläfst!«, allerdings aber so charakteristisch für das verschworene Grüppchen in der Provinz, daß es jedes andere Erkennungszeichen überflüssig machte, mithin also nicht einmal ungeschickt zu diesem Zweck. Aber es war auch frech, denn es stellte einen Eingriff in sein privates Leben vor, das niemanden anging, und verriet, daß sie ihm nachspionierten und ihn kontrollierten. Sie mußten demnach wissen, daß er eine Liebschaft hatte, und wollten ihn, für die Sache, herausreißen. Da traf es sich also eigentlich ausgezeichnet, daß das Telegramm gerade in dem Moment eingetroffen war, der seiner Liebschaft ein Ende machte. Es konnte gar nicht besser sein: mit der Lili war es aus, und er war frei, die Wünsche seiner Freunde, seiner Nation, seines Gewissens zu erfüllen.

Was wollte er also noch? Nichts. Es war alles in Ordnung. Sein Schicksal hatte es wieder einmal gut mit ihm gemeint und alles so weise geführt, daß, ohne sein Zutun, zur rechten Zeit das Rechte geschehen war.

Es blieb ihm also nur noch übrig, zu kündigen, wegzuziehen, eine neue Wohnung zu finden und an die Arbeit zu gehen.

Lili brauchte er nie wiederzusehen. So wie er Eveline nie wiedergesehen hatte. Aber Eveline war immer bei ihm. In ihm, um ihn. Wie einen Schutzgeist spürte er ihre reine Nähe. Und auch diesmal hatte sie ihn geschützt und gerettet und für Besseres aufbewahrt. Und immer wieder wird sie da sein, wenn sein Leben an Abgründe gerät, und ihn mit ihren großen, dunklen Augen voll Schatten und Traurigkeit ansehen und mit den weißen Händen, die zum Weinen schön sind, zurückziehen.

Lili aber, die kleine, schlanke Lili, wird er nie wiedersehen. Sie kommt nicht wieder. Diese Nacht war die einzige und die letzte. Ach, was war sie süß gewesen! Welche Freude, welche tiefe, reine Freude hatte ihm der liebe Körper geschenkt! Wie glücklich und stolz hatte er sich und sein junges Leben an diesem Körper gefühlt! Nun wird er dessen schlanke, bebende Weichheit nie wieder fühlen! Die zarten Glieder nie wieder fühlen! Den Mund, den köstlichen, frischen Mund, der hingegeben, hingeschmolzen an dem seinen gehangen hatte, nie wieder küssen! Nie wieder diese lieben, dummen, süßen, zärtlichen, schmeichelnden Worte der Liebe hören! Es war ja alles Lüge! Aber welche gute, liebe, liebevolle Lüge war es! Lüge, für ihn ersonnen, ihm gehörig, für ihn bestimmt, ihn einzulullen, ihn glücklich und selig zu machen! Nie wieder! Das war verloren!

Und er drehte sich um und rannte, so schnell er konnte, durch die verwunderten, stoßenden Leute durch, nach Hause, zu seiner Lili.

16.

Lili war nicht zu Hause. Er suchte sie in ihrem Zimmer, dann in der ganzen übrigen Wohnung.

In der Küche war Frau Quadderbacke. Sie saß neben dem Herde und glotzte stumpfsinnig vor sich hin.

»Wo ist Lili?« fragte er.

Sie schien ihn nicht zu verstehen.

»Wo Lili ist?« wiederholte er.

Sie blickte nicht auf, und ohne auf seine Frage zu achten, sagte sie, dumpf vor sich hinbrütend: »Ich habe es ihm gesagt.«

»Wem? Was?«

»Quadderbacke. Daß Sie gekündigt haben und ziehen.«

»Sind Sie verrückt?«

»Sie haben es mir versprochen.«

»Mit welchem Recht mischen Sie sich in meine Angelegenheiten?«

»Sie haben es mir versprochen.«

»Was ich verspreche, habe *ich* zu halten, aber nicht Sie. Lassen Sie das gefälligst meine Sache sein!«

»Er hat sich auch geärgert. Fast erschlagen hat er mich vor Zorn. Was wollt ihr von mir? Schlagt Euch die Köpfe blutig! Mir kann's gleich sein.« Und versank in das frühere Brüten.

»Wo ist Lili? frage ich Sie.«

»Ich weiß nicht. Im Geschäft, glaube ich. Warum fragen Sie? Was geht Sie das noch an? Übrigens, mir kann's gleich sein. Schlagt Euch alle die Köpfe blutig, mir kann's gleich sein.« Und hockte, in sich zusammengekauert, da, wie ein böser, unheilbrütender, alter Vogel.

Clemens verließ die Küche. Er dachte daran, Lili abzuholen, aber sie konnte schon unterwegs sein, und da hätte er sie zu leicht verpassen können. So ging er auf sein Zimmer und wartete.

Clemens hatte nie Talent und Lust zum Chirurgen gehabt. Um so unangenehmer war es ihm, sich selber zuzuschauen, wie er sein eigenes Hirn aus der Schale nehmen, es in alle Teilchen zerlegen, jedes einzelne sauber ausputzen, und als er dann das Ganze wieder zusammensetzen sollte, bemerken mußte, daß er mittlerweile seine ganze Gehirnanatomie vergessen hatte und die richtige Zusammensetzung nicht mehr finden konnte. So ungefähr kam ihm dies Warten vor.

Er fühlte, wie sein Inneres in diesem Warten auslief, ausrauchte, abstumpfte, leer ward. Wie seine mitgebrachte Energie verstob und auseinanderfiel, ihre Stoßkräfte verlor, ihre Waffen, ihre Richtung, ihr Ziel vergaß. Und als er endlich draußen den Schlüssel gehen hörte – er wußte nicht, waren es Minuten oder Stunden bis dahin gewesen – war er fertig. Entwaffnet, abgerüstet, ausgepovert.

Noch eine Pause. Es war ja schon egal. Und dann kam sie herein. Auf den ersten Blick sah er, daß sie alles wußte.

»Du willst ziehen?« fragte sie mit einem Ton, der sich äußerste Ruhe zu halten bemühte.

»Ja.«

»Was heißt das?«

»Daß es aus ist.«

»Warum?«

»Ich kann nicht länger bei dir bleiben.«

»Deswegen?«

»Ja.«

»Was geht das dich an? Was hat das mit dir zu tun?«

»Verstehst du das nicht?«

»Nein. Und will ich auch nicht verstehen. Und es ist auch gar nicht wahr. Seitdem ich dich kenne, ist es nicht mehr wahr. Was vorher war, das gilt nicht. Das war nicht. Das ist ausgestrichen ans meinem Leben. Bevor ich dich kannte, habe ich nicht gelebt. Und du bist der letzte, der es mir vorwerfen darf. Der einzige, der es mir nicht vorwerfen darf. Hörst du? Du nicht.«

»Ich werfe dir nichts vor. Aber bleiben kann ich nicht. Ich kann den Gedanken nicht ertragen, daß das möglich war. Die Vorstellung macht mich rasend. Ich kann den Schmutz nicht ertragen.«

»Und wenn ich dir sage: nimm mich mit! Geh mit mir irgendwohin, wo mich kein Mensch kennt, wo ich neu anfangen könnte, neu geboren würde. Mit dir. Ein ganz neues Leben! Clemens!?«

»So würde ich ›ja‹ sagen. Sofort. Komm mit!«

»Clemens, ist das wahr?«

»Ja.«

Und sie stürzte zu seinen Füßen, ergriff seine Hände und küßte sie und hätte am liebsten seine Füße geküßt.

»Komm mit! Sofort!« sagte er und entwand sich ihr.

»Ich kann ja nicht. Ich darf ja nicht«, sagte sie und erhob sich. Ihr Gesicht stand in Tränen. »Weil ich dich nicht belasten darf. Weil du ja viel zu jung bist. Weil ich mich kenne. Weil ich weiß, daß ich dich unglücklich machen würde. Und weil ich nicht kann. Es ist alles umsonst. Ich kann nicht.«

»Warum kannst du nicht?«

»Ich kann von hier nicht fort. Ich will ja, aber ich kann nicht. Ich wurzle hier. Ich – ich kann dir das nicht sagen, warum nicht. Aber ich kann nicht.«

Und stürzte sich wieder auf ihn, warf sich zu Boden, umschlang seine Knie und schrie: »So schlag mich doch! Daß ich mich mit meiner Schlechtigkeit an dich gedrängt habe. Ich bin ja viel zu schlecht für dich. Ich bin durch und durch schlecht. Glaub' mir doch, ganz schlecht bin ich. Und nie hätte ich in deine Nähe dürfen. Ich verdiene, daß du mich mit Schlägen von dir jagst, daß du mich hinauswirfst und auf die Gasse jagst. Auf die Gasse gehöre ich. So schlag mich doch, bitte, schlag mich! Warum schlägst du mich denn nicht?«

Er nahm ihren, von Tränen und Schluchzen geschüttelten, vor Erregung sich bäumenden Körper, bettete ihn auf dem Lager, setzte sich zu ihr, nahm ihren Kopf in seinen Schoß, streichelte ihre Wangen und küßte die Tränen ab, bis das Fieber ihrer Erregung sich gelegt hatte. Allmählich wurde ihr Weinen ruhiger. Eng schob sie sich an ihn heran, hob den Kopf, schlang beide Arme um seinen Hals und sagte, durch ihre Tränen durchlächelnd: »Nicht wahr, du jagst mich nicht weg? Und bleibst bei mir, Clemens? Hier bleibst du und bei mir. Hörst du, du mußt bei mir bleiben. Du mußt.«

»Ich bleibe, Lili. Ich muß bleiben. Ich kann ohne dich nicht sein.«

Mit einem Ruck saß sie neben ihm. Mit einem zweiten auf seinem Schoße, die Hände immer noch um seinen Hals. »Natürlich bleibst du. Ich hab's ja gewußt, daß du ohne mich nicht sein kannst. Alles andere ist doch Unsinn. Was sollst du denn ohne mich? Und du gehörst doch mir. Niemandem sonst. Auch dir nicht mehr. Nur mir. Sag', daß du mir gehörst mit Leib und Seele!«

»Ja, Lili,« sagte er, ganz langsam und fast traurig, »ich gehöre dir mit Leib und Seele.«

»Natürlich gehörst du mir. Du kannst ja gar nicht mehr weg von mir. Auch wenn du wolltest. Aber du willst ja nicht. Schön dumm wärest du, wenn du wolltest. Wo findest du eine Geliebte wie mich? Wo findest du eine, die dich so lieben wird? Du dummer Junge, du weißt ja noch gar nicht, wie ich lieben kann! Du ahnst ja noch gar nicht, wie glücklich ich dich machen kann! Ich werde dich selig, dich rasend, dich wahnsinnig machen vor Liebe. Aber nur, wenn du artig und gehorsam bleibst. Sonst nicht, hörst du! Gehorchen mußt du mir in allem! Du mußt mir ja gehorchen. Versuche doch, dich frei zu machen! Geh weg! Versuch's doch noch einmal! Heut früh hast du's versucht. Oder nicht? Sag', ob du's versucht hast?«

»Ja.«

»Und hast du's können? Warum bist du denn nicht fort? Sag', sag' schnell, ob du gekonnt hast?«

»Nein.«

Leise und gepreßt stahlen sich dieses Ja und Nein über seine zitternden Lippen, während die gänzlich Verwandelte mit strahlenden, lachenden Augen, vor ihm, über ihm stand.

»Sie haben dich mir nehmen wollen. Deine Freunde haben dich mir nehmen wollen. Leugne es doch, wenn du kannst!«

»Ich kann nicht. Es ist wahr. Meine Freunde haben mich dir nehmen wollen.«

»Und was stand in dem Telegramm? Ich will es wissen. Zeige es mir. Ich will es sehen. Du mußt es mir zeigen. Jetzt mußt du mir alles gestehen. Alles will ich von dir wissen.«

»Da nimm es! Lies es selbst!«

Sie las: »Brutus, du schläfst!? – Was heißt das?«

»Das heißt, daß ich die Sache der Freiheit, meiner Nation und meiner Freunde verraten habe um deinetwillen, daß meine Freunde es wissen und mich aufrütteln wollen und daß sie es nicht können, weil du mein Gewissen eingelullt hast und es in deinen Armen eingeschlafen ist für ewig.«

»Und weißt du, woher deine Freunde es wissen? Ich habe es ihnen geschrieben.«

»Du? Woher wußtest du denn von ihnen?«

»Die Adresse fand ich in deiner Brieftasche. Und ich schrieb ihnen, anonym, daß du hier eine Liebschaft angefangen hast und dich mit einem Mädel herumtreibst.«

»Aber das konnte mich doch auch von dir losreißen?«

»Konnte? Nein, das konnte es nicht. Ich war deiner zu sicher. Aber ich wollte wissen, wie sicher ich deiner sein konnte. Und darum schrieb ich den Brief. Und du siehst, daß ich recht behalten habe. Und jetzt weiß ich, daß du mir gehörst.«

»Lili!« und verstand selbst nicht, was er mit diesem Aufschrei seines getretenen Selbstgefühls wollte, der sich wie demütig flehend an die Triumphierende klammerte.

»Was will mein Liebling?« ließ sie sich herab, und die Zärtlichkeit schnitt ihm wie Hohn in unsichtbare Fesseln.

»Nichts will dein Liebling. Kann denn dein Liebling noch wollen? Es ist weit mit deinem Liebling gekommen, wenn dir dieses Spiel gelingen konnte. Es gab Zeiten, in denen dieses Spiel genügt hätte, jede Liebe in meinem Herzen mit Putz und Stingel auszureuten. Pfui Teufel! Sich auf die Probe stellen zu lassen! Wie ein Junge im

Märchen! Wie ein Schulbub!« raste sein ohnmächtiger Aufruhr gegen ihn selbst.

»Bist du böse, Bubi? Aber du kannst ja nicht böse sein. Du darfst ja nicht böse sein, Bubi. Hast du denn vergessen, daß du mir gehorchen mußt? Daß du mir gehörst, und ich alles mit dir machen kann? Auch dich auf die Probe stellen? Auch mit dir spielen? Soll ich nicht mit dir spielen dürfen, Bubi? Ich spiele ja so gerne mit dir, Bubi. Und manchmal macht's dir doch auch Freude. Oder nicht? Laß mich doch mit dir spielen! Dafür sollst du auch so süß belohnt werden. Aber gehorchen mußt du mir vorher. Ganz brav alles tun, was ich will.«

»Was willst du?« fragte er und fühlte, daß er, wenn sie sein Herzblut verlangt hätte, ruhig seine Brust öffnen und ihr sein Herz hätte reichen müssen.

»Ich will, daß du mir sagst, welche wichtige Aufgabe man so einem kleinen Jungen hier übertragen hat. Das sollst du mir sagen.«

»Warum willst du es wissen?«

»Das geht dich nichts an. Ich will es wissen. Weil ich sehen will, daß du Vertrauen zu mir hast, grenzenloses, wie sonst zu niemanden auf der Welt. Und weil ich stolz sein will auf dieses Vertrauen und auf die Aufgabe, die man meinem kleinen Jungen übergeben hat.«

»Nun gut, das will ich dir sagen. Ich habe die Mission, alle unsere einflußreichen Landsleute in dieser Stadt zu besuchen und ihnen auf den Zahn zu fühlen, die Willigen zu sammeln und vorzubereiten, damit, wenn einmal die Stunde der Befreiung für unsere Nation schlägt, in allen großen Städten der Welt aus den Studenten und jungen Leuten, die überall zerstreut sind, sofort eine Legion gebildet ist, die sich unserem Volke zur Verfügung stellt. Nun weißt du alles.«

»O wie schön ist das!« rief sie und sah ihn mit flammenden Augen an. »Und nun gib mir die Liste! Die Liste deiner hiesigen Landsleute, meine ich. Gib sie! Sofort!«

»Sie ist in meiner Brieftasche. Hole sie dir! Dort auf dem Nachttisch liegt sie.«

»Du lügst. In deiner Brieftasche ist sie nicht. Das weiß ich.«

Ich habe keine Liste. Ich habe sie in meinem Kopf.«

»Du lügst! Es ist nicht wahr. Du hast eine.«

»Woher weißt du das?«

»Weil ich dir das ansehe, daß du lügst. Schwindle nicht mehr! Gib sie her!«

»Wozu brauchst du sie?«

»Ich will sie sehen. Ich will, daß du sie mir gibst. Ich muß dir mehr sein als deine Freunde und deine Aufgabe, mich mußt du lieber haben als dein Vaterland und deine Freiheit.«

Da ward seine Seele matt bis an den Tod.

»So nimm sie in Teufels Namen!« und riß sein Hemd auf und zog aus einer an der inneren Brustseite des Hemdes versteckt eingenähten Tasche einen sorgfältig und dünn zusammengefalteten Papierstreifen, den sie ihm blitzschnell entwand und jauchzend hochschwang, um sich mit einem plötzlichen Ruck auf Clemens zu werfen, so daß er fast übers Bett fiel, und ihn mit einer Glut von Küssen, auf Hals und Brust und Mund, zu überschütten. Und während er betäubt liegen blieb, sprang sie auf und tollte im Zimmer umher: »Jetzt weiß ich, daß du mich lieb hast! Jetzt sehe ich, daß du mein lieber, braver Bub bist. Jetzt hab' ich ihn! Jetzt hab' ich dich!«

Und auf einmal saß sie neben ihm, zog ihn in die Höhe und sah ihn mit einem funkelnden, unendlich lauernden Blick an: »Was machst du, wenn ich jetzt zu Quadderbacke gehe und ihm diesen Zettel gebe?« Und schrie, wie zum Scherz: »Quadderbacke! So komm doch! Quadderbacke! Wir haben ihn!« Und schon bereute sie das Wort.

In einem Hui war es in ihm hell geworden, welchen Wahnsinn er begangen hatte.

»Gib ihn her!«

»Nein.«

»Sofort!«

»Nein.«

»Du mußt!«

»Ich denke nicht daran.«

»Was willst du damit?«

»Ich behalte ihn.«

»Wozu brauchst du ihn?«

»Das geht dich nichts an. Ich gebe ihn Quadderbacke!«

»Du hast mich zum zweiten Male verraten.«

»Ja. Und werde dich immer wieder verraten. Weil du lächerlich bist. Weißt du, was du mir bist? Komisch. Lächerlich. Ein dummer Junge!«

»Gib ihn her, sag' ich dir!«

»Nein, sag' ich dir! Nimm ihn dir doch! Nimm ihn doch mit Gewalt! Du traust dich ja doch nicht! Du dummer, lächerlicher, kleiner Junge! So schlag mich doch, wenn du dich traust! Schlag mich!«

»Wenn du es durchaus willst, gerne«, sagte er.

Und in diesem Augenblick fiel der erste Schlag. Wuchtig, mit aller Kraft, ihr mitten ins Gesicht.

Clemens zitterte. Nie hatte er ein Weib geschlagen, nie geahnt, daß er eines schlagen könnte. Er hielt inne.

Sie nutzte den Augenblick, glitt an seinen Füßen herunter, die Hand mit dem Zettel blitzschnell öffnend und noch fester schließend, und schrie: »Du kriegst ihn doch nicht! Und weißt du, warum nicht? Weil ich dich liebe!«

»Du lügst. Jedes Wort ist Lüge.«

»Nein, du lügst!«

Sind wir denn Beide wahnsinnig, durchfuhr es ihn. Das ist ja alles sinnlos, was wir sagen. Und was wir tun. Warum nur? Warum in aller Welt? Was hat das zu bedeuten?

Sie aber lag zu seinen Füßen und schrie: »So schlag mich doch! Warum schlägst du mich denn nicht? Schlag doch zu, du Held! So schlag doch, bitte, bitte, schlag mich doch!« Und: »Den Zettel kriegst du ja doch nicht, wenn du mich nicht schlägst! So schlag mich doch!«

Und nun packte ihn neuerdings Wut, er warf sie nieder, ergriff ihre Hand, riß sie mit aller Gewalt auf und den Zettel heraus, und als sie nach ihm biß, schlug er sie zum zweiten Male und zum dritten Male und immer wieder. Er fühlte, wie er die Herrschaft über sich verlor und wahnsinnig wurde und wie es rot vor seinen Augen tanzte, und auf einmal schoß ganz nahe der Begriff Mord vor ihm auf, und gleichzeitig fühlte er mit voller Klarheit, wie fremd und fern das alles von ihm war und gar nichts mit ihm zu tun hatte: dieses Mädchen und das Zimmer und die Stadt, und gar nicht an die zu ihm gehörige Luftschicht menschlichen Fühlens, geistigen Inhalts und kultureller Form reichte und an sein eigentliches Ich rührte, jenen Clemens, der für ihn der Clemens der Eveline war, und es erfaßte ihn neuerliche Wut über dieses fremde Weib da vor ihm, dem es gelungen war, sein Ich in ein völlig fremdes zu verwandeln. Und gleichzeitig ging, schon ganz klar und ruhig in seinem Bewußtsein, ein drittes vor sich: Wenn es nur so möglich ist, so bist du nach allem verpflichtet, um deine Freunde und die Sache zu retten, mit vollem Wissen aller Folgen auch den Mord auf dich zu nehmen. Dieser Wille, Entschluß geworden, machte ihn mit Einem kühl und klar und rettete ihn. Vor dem Morde.

Noch immer lag das Mädchen zu seinen Füßen, beide Hände über dem Elfenbeinkreuze auf ihrer Brust ineinandergekrampft, und wiederholte ihr: »Schlag mich! Schlag mich doch!« Dann wimmerte sie, und zwischendurch hörte er ein zischendes, schwaches: »Zu Hilfe! Quadderbacke, so komm mir doch zu Hilfe!«

Noch aber konnte, wie Clemens wohl wußte, Quadderbacke nicht zu Hause sein.

Es war also Zeit. Schnellentschlossen nahm er ein Handtuch, steckte es ihr in den Mund, holte zwei Riemen, legte die gar nicht mehr Widerstrebende aufs Bett, band sie fest, stopfte sein Geld und das Nötigste von seinen Papieren und die anderen Sachen in seine Taschen, verließ das Zimmer, schloß es vorsichtig, zog den Schlüssel ab und ging schnellen, aber festen Schrittes aus der Wohnung und dem Hause. Lili ließ er liegen. Mag Quadderbacke sie später finden, lösen, behalten! Daß Frau Quadderbacke seine Flucht nicht hindern, seine Verfolgung nicht veranlassen werde, war ihm gewiß.

17.

Der junge Mann jagte, so rasch und so unauffällig er nur konnte, durch die Straßen, bis er vor dem Bahnhofsgebäude im Innern der Stadt stand.

Er warf einen letzten, sehnsuchtlosen Blick auf die fremde, ungeheure, riesengroße Stadt. In diesem Augenblick dachte er weder an Lili noch an Eveline, nur daran, wie er den gefährlichen Zettel möglichst schnell über die Grenzen des Landes bringen könne. Wohin, war ihm zunächst gleichgültig. Daß ihm neue Länder und neue Städte neue Erlebnisse bringen würden, dessen konnte er sicher sein. Die Sache und die Liste seiner Freunde wie ein Palladium ungefährdet aus diesem Abenteuer herauszutragen, war jetzt seine einzige Spannung.

Er löste ein Billett, das ihn weiter nach Westen führen sollte. Und erst als er im Coupé saß und der Zug zu rollen begann, atmete er auf, und der Gedanke formte sich ihm: Wenn die Entwicklung vom Jüngling zum Mann den Weg über die Blamage braucht, bin ich heute ein Mann geworden.

Und dann, wie man sich in einer kalten Reisenacht in wärmende Hüllen wickelt, überließ er sich ganz der Erinnerung an Eveline. Und ihm wurde warm und wohl dabei.

Ende.

Über tredition

Eigenes Buch veröffentlichen

tredition wurde 2006 in Hamburg gegründet und hat seither mehrere tausend Buchtitel veröffentlicht. Autoren veröffentlichen in wenigen leichten Schritten gedruckte Bücher, e-Books und audio-Books. tredition hat das Ziel, die beste und fairste Veröffentlichungsmöglichkeit für Autoren zu bieten.

tredition wurde mit der Erkenntnis gegründet, dass nur etwa jedes 200. bei Verlagen eingereichte Manuskript veröffentlicht wird. Dabei hat jedes Buch seinen Markt, also seine Leser. tredition sorgt dafür, dass für jedes Buch die Leserschaft auch erreicht wird.

Im einzigartigen Literatur-Netzwerk von tredition bieten zahlreiche Literatur-Partner (das sind Lektoren, Übersetzer, Hörbuchsprecher und Illustratoren) ihre Dienstleistung an, um Manuskripte zu verbessern oder die Vielfalt zu erhöhen. Autoren vereinbaren direkt mit den Literatur-Partnern die Konditionen ihrer Zusammenarbeit und partizipieren gemeinsam am Erfolg des Buches.

Das gesamte Verlagsprogramm von tredition ist bei allen stationären Buchhandlungen und Online-Buchhändlern wie z. B. Amazon erhältlich. e-Books stehen bei den führenden Online-Portalen (z. B. iBookstore von Apple oder Kindle von Amazon) zum Verkauf.

Einfach leicht ein Buch veröffentlichen: **www.tredition.de**

Eigene Buchreihe oder eigenen Verlag gründen

Seit 2009 bietet tredition sein Verlagskonzept auch als sogenanntes "White-Label" an. Das bedeutet, dass andere Unternehmen, Institutionen und Personen risikofrei und unkompliziert selbst zum Herausgeber von Büchern und Buchreihen unter eigener Marke werden können. tredition übernimmt dabei das komplette Herstellungs- und Distributionsrisiko.

Zahlreiche Zeitschriften-, Zeitungs- und Buchverlage, Universitäten, Forschungseinrichtungen u.v.m. nutzen diese Dienstleistung von tredition, um unter eigener Marke ohne Risiko Bücher zu verlegen.

Alle Informationen im Internet: **www.tredition.de/fuer-verlage**

tredition wurde mit mehreren Innovationspreisen ausgezeichnet, u. a. mit dem Webfuture Award und dem Innovationspreis der Buch Digitale.

tredition ist Mitglied im Börsenverein des Deutschen Buchhandels.

Dieses Werk elektronisch lesen

Dieses Werk ist Teil der Gutenberg-DE Edition DVD. Diese enthält das komplette Archiv des Projekt Gutenberg-DE. Die DVD ist im Internet erhältlich auf **http://gutenbergshop.abc.de**